水是故鄉甜

40週年增訂新版

琦君 著

爲流金歲月定格

二〇〇一年琦君回大陸溫州老家主持「琦君文學館」開館，回程來台小住，特別探望病中的林海音，知交超過一甲子，暮年病榻相見，不勝欷嘘。回美不到一個月，林海音過世，她寄來人生的最後一篇文章〈最後的握手——悼念摯友海音〉，三張稿紙外，附筆寫著：「海音逝世，我寫不出長文心裡很差，人老了，沒有靈感，只有感傷。怎麼辦？」

自一九四九年來台發表第一篇作品〈金盒子〉，琦君的名字就和散文畫上等號，儘管琦君已於二〇〇六年病逝，在台灣，她的讀者從未忘記她，不管哪一個版本的中學課本都會收錄她的文章。文評家夏志清就說過琦君寫母親的〈一對金手鐲〉、〈髻〉這些文章，早該取代朱自清的〈匆匆〉、〈背影〉成為中學教材。大學研究所研究琦君作品的論文更是成篇累牘。

蔡文甫結識琦君是在主編《中華副刊》時，當時琦君作品《三更有夢書當枕》、《桂花雨》等書早已風行華文世界。一九七八年，蔡文甫創辦九歌出版社，開始爭取出版琦君作品，次年，即出版她的作品《與我同車》，直到一九九八年最後一本著作《永是有情人》，總計十一部。

一九八三年琦君因丈夫李唐基工作調遷，客居美國紐澤西，直至二〇〇四年六月返台定居。

回到熟悉的地方，物是人非，當年的文友，有的已在人生缺席，健在者疾病纏身，相見不易，還有「忘了我是誰」的老朋友，相見不相識。老友凋零，新生代的讀者一代又一代，尤其是她以家族故事為藍本的小說《橘子紅了》改編成電視劇，兩岸讀者都愛，回到台灣，琦君悲欣交集。

早在琦君返台前，九歌早已計劃性整理她的舊作，以作品集形式重新排版上市。每當新版問世，琦君總開心的逐字念著：「我以前文章寫的這麼好啊？」然後懊惱的說：「我都不記得了。」又像個不死心的小女生抓著身旁的人問：「你說，我可不可以再寫？」

二〇〇五年琦君病逝。

從古典文言過渡到現代白話，琦君的文字公認是最成功的典範。童年，憶往，最尋常的題材，琦君寫來就是人人「意中所有，筆下所無」。她順著情境而寫，感傷處，古人的詠嘆正是將悲懷昇華為人生的體悟，哀而不傷。

《水是故鄉甜》出版於一九八四年，跨過新世紀，看琦君的文字如何為流金歲月定格，讓缺憾還諸天地。

——編者

寫在《水是故鄉甜》之前（代序）

去年八月，隨著外子的調職，不得不再度來美。我是個安土重遷的守舊者，雖然由於他的業務取道歐洲，對我這個「侍從」來說，竟絲毫也沒有感到旅遊之樂。只覺得盛暑長途，身心十二分疲憊。

初到時居處靡定，一面賃屋暫住，一面找尋較寧靜區域的房屋。兩個月中，搬遷了三次。在奔波、勞累、煩躁中，唯一賴以安定情緒的，只有隨身攜帶的幾本心愛的書，與手中的一支筆。我對自己說，我必須打疊起精神，重新適應異國生活，照顧他在此安心工作三年。

於是，閱讀書報之外，寫信與寫稿，就是我心靈上最好的寄託。但又恐書信加給朋友以心理負擔，乃漸以寄回稿件代替書信。自去年九月迄今，半年中，林林總總，一共寫了三十多篇。其中包含了為《中華兒童》所寫〈給小朋友的信〉。在我來說，是數十年來，寫得最多、最快速的時日。真有點驚奇於自己，在如此動盪心情中的「成績」。

其實，這完全是由於遠在台灣的好友們不時的鼓勵。他（她）們來信告訴我：「看到妳的文章，知道妳已安定下來，感到好欣慰。」還有許多，老老少少未曾見面的讀者，也像我以前在台北時一樣，輾轉來信，表示非常高興再看到我的作品。這一分真摯豐厚的友情，使我深為感謝。且藉了文字，可以去除時空的阻隔，與朋友們共享促膝談心之樂。

來美之前，承文甫兄為九歌預約，希望在《與我同車》之後，再為我出版一本散文集。於是我選出不屬於為兒童寫的十餘篇，加上在台北時所寫的十餘篇，合為一集。與以前的《與我同車》一樣，也是居住在國內國外兩處完全不同生活中不同的思與感。

今以之付梓，一以報答親愛的朋友與讀者們的關懷厚愛，一以對自己始終不肯放下禿筆的一點愚誠，再作砥礪。

每思大陸的故鄉，邈遠不可接。而台灣則是我安居了三十多年的第二故鄉。如今又是客居異國，我不免於棖觸中，寫下了〈水是故鄉甜〉一文，即以之為本的書名，既可以涵蓋全書懷舊之旨，亦藉以寄我萬里歸心。

此書問世時，已近一年一度的母親節，敬以之獻給逝世將半個世紀的雙親。祝雙親在天之靈，平安快樂。

民國七十三年三月二十五日

於紐澤西州

目錄

下卷——

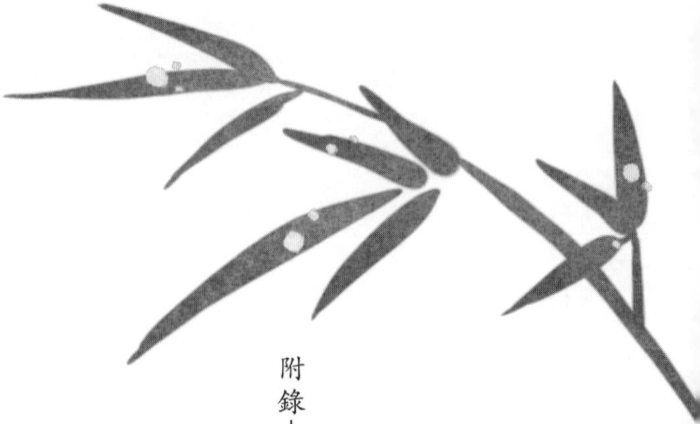

附錄——

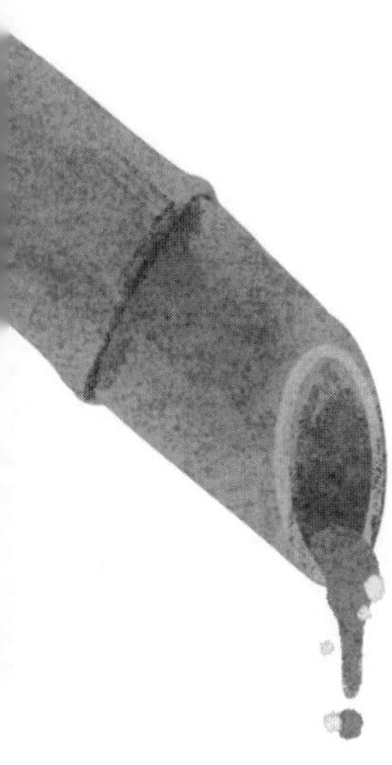

上卷

水是故鄉甜

此次經歐洲來美，一路上喝得最多的是礦泉水。因爲其他各種五顏六色的飲料，價錢既貴又不解渴。只有礦泉水，喝起來清清淡淡中略帶苦澀，倒似乎別有滋味。歐洲人都喜歡喝礦泉水，據說對健康有益。尤其是義大利的礦泉水是出名的。看他們一個個紅光滿面，體魄壯健，是否礦泉水之功呢？

旅館臥房小冰箱裡，也擺有礦泉水，以便旅客隨時取飲，價錢就不便宜了。我靈機一動，從行囊中取出鋼精杯、錫蘭紅茶，和一把電匙；插上電，將礦泉水傾入杯中煮開，沖一杯錫蘭紅茶來喝，香香熱熱的，可說是旅途中最悠閒舒適的享受了。

外子說礦泉水其實就是山泉，如果泡的是凍頂烏龍，那就更有味道了。我一向不懂得品茶，在旅途疲勞中，能有一杯自己現泡的熱紅茶，已覺如仙品般的清香雋永了。

他啜著茶，就想起故鄉四川的山泉來。那種山泉，隨處都有，行路之人渴了就俯身雙手從溪澗中捧起來喝個足，哪裡像現在文明時代，一瓶瓶裝起來賣錢呢！俗語說得好，「人窮志不窮，家窮水不窮」。這話我最聽得進。因爲我故鄉家中的水就有三種，河水、井水、山水。山水是長工每天清早去溪邊一桶桶挑來，傾在大水池中備飲食之用，洗滌多用河水。母親爲了長工挑水辛苦，叫聰明靈巧的小幫工，用一根根長竹竿，連接起來，從最靠近屋子的山邊，引來極細小的一縷清泉，從廚房窗外把竹竿伸入，滴在一隻小缸中。這才是涓涓滴滴的源頭活水，一天接不了多少。母親只舀來做供佛的淨水，然後泡茶給父親喝。「喝這樣清的山水，又是供過佛的，保佑你長生不老。」母親總是這麼說的。那時泡的茶葉，除了家鄉的明前茶、雨前茶之外，還有從杭州帶回的龍井。父親品著茶，常常說：「龍井茶，一定要虎跑水來泡才香、才道地。」母親不以爲然地說：「是哪裡生長的人，就該喝哪裡的水。要知道，水是故鄉的甜喲。」母親還說：「孩子們多喝點家鄉的水，底子厚了，以後出門在外，才會承受得住異鄉的水土。」

事實上，母親也是非常愛喝虎跑水泡的龍井茶的。不過她居住杭州的時日不多，平時又很少外出，我們出去遊玩，她常捧個大玻璃瓶給我說：「舀點虎跑水回來。」我馬上接一句：「供佛後喝了長命百歲。」母親高興地笑了。

現在想起來，虎跑水才是眞正的礦泉水。那時曾做過試驗，裝一碗滿滿的水，把銅元一個個慢慢丟進去，丟到十個銅元，碗口水面漲得圓鼓鼓的，水都不會溢出來。因爲它含的礦物質多，比重很大。所以喝虎跑水一定是有益健康的。

父親旅居杭州日久，非常喜歡喝虎跑水烹龍井茶，但喝著喝著，卻又念念不忘故鄉的明前、雨前茶和清洌的山泉。他也思念鄰縣雁蕩山的茶、龍湫的水，眞是「人情同於懷土兮，豈窮達而異心」。父親晚年避亂返故鄉，又得飲自己屋子後山直接引來的源頭活水，原該是心滿意足的，但他居魏闕而思江河，倒又懷念起杭州的龍井茶與虎跑水來。實在是因爲當時第二故鄉的杭州，正陷於日寇之故吧。

我們這回在歐洲，一路飲著異鄉異土的礦泉水。行旅匆匆，連心情都變得麻木了。到了德國的不來梅，特地去探望數十年未晤面的親戚。他興奮地取出最上品的龍井茶款待我們，問他是台灣產品嗎？他說是眞正從杭州帶出來的茶葉，是一位親人離開大陸時帶給他以慰他多年鄉愁的。我本來不辨茶味，但那一盞龍井的清香，卻是永遠難忘。我們說起歐洲人喜歡喝礦泉水，他笑笑說，台灣阿里山、日月潭、蘇澳的冷泉，不就是最好的天然礦泉水嗎？

他這話，倒使我想起，早期台灣有一種小小玻璃瓶裝的「彈珠汽水」。瓶口有一粒彈珠，用力一壓，彈珠落下去，汽水就噴出來。味道淡淡的，不像後來的汽水那麼甜得不解渴。我因爲愛「彈珠汽水」這個名稱，以及開瓶時把彈珠一壓的那點兒情趣，所以很喜歡買來喝，他常笑我犯幼稚病。後來時代進步了，黑松汽水和各種飲料充斥市面，哪還找得到「彈珠汽水」的影兒呢？但我腦海中總時常盤旋著彈子汽水瓶那副短短脖子的笨拙樣子。尤其是早年在蘇澳遊玩時，喝的那一瓶。

台灣這許多年來，製茶技術越來越精進，無論是清茶、香片、龍井等，都是名聞遐邇。尤其是南投溪頭的凍頂烏龍，更是無與倫比。旅居海外多年的僑胞，總不忘源源自台灣帶出來各種名茶，自飲之外，更以分饗友好。儘管用以沏茶的水不是從故鄉來的，但只要是故鄉的茶葉，喝起來也會有一股淡淡的甜味吧。

有一次我們在友人家，她細心地問我們要喝哪一種茶，香片、龍井、烏龍都有，她是什麼茶都喜歡。我想了半天，卻問她：「妳有沒有礦泉水？」她大笑說：「妳怎麼這麼特別？大家都喝熱茶，妳要喝什麼礦泉水。」我只好說因爲胃酸過多，不相宜喝茶。其實我是想起了在歐洲時喝的礦泉水，多少還有點故鄉山泉的味道，不知美國的礦泉水是不是差不多的。而且我也想試試自己，能不能像母親當年說的，喝過本鄉本土的水，有了深厚的底子，就能承受異國的水土了。

美國人愛喝各種果汁，大概是減肥或特別注意健康的人才喝礦泉水吧？但不知超級市場那樣大瓶大瓶的礦泉水，究竟是人工的還是天然的。如果是天然的，卻又取自何處深山溪澗呢？實在令人懷疑。

說實在的，即使是眞正天然礦泉水，飲啜起來，在感覺上，在心情上比起大陸故鄉的水，和安居了三十多年第二故鄉台灣的水，能一樣的清洌甘美嗎？

——七十三年一月十九日

一餅度中秋

一位朋友的女兒在電話裡對我說：「明天是中秋節啦，祝阿姨中秋節快樂。」難得的是長大在國外的年輕人，還能如此重視中國節日。我呢？來美才兩個月，過的是漂浮不定的寄居生活，連星期幾都記不清，莫說中秋節了。原本是大陸性的美國氣候，此時正該是「金風送爽，玉露生香」的好時光，卻反常地由華氏六十多度突升到九十多度。他們因而稱之爲第二個夏天，連秋老虎都沒這般凶呢！在汗出如漿中（住處不便開冷氣），絲毫也沒有「露從今夜白」的美感，也就沒有「月是故鄉明」的傷感了。

去年中秋節在台北，他公司照例放假半天。中午回家時，他喜孜孜地捧著一盒月餅，對我說：「特地買的名牌月餅，四色不同。有妳愛吃的五仁、豆沙，有我愛吃的金腿、蓮蓉。」我馬上抱怨：「你又買月餅，年年買月餅，既貴又膩口，還不如我自己做的紅豆核桃棗糕呢。」他嗤之以鼻地說：「又是妳的鄉下土糕。妳的糕是方的，我的月餅是圓的呀。」我大笑說：「你眞笨，用圓的容器蒸，不就是圓的了嗎？」他只好點頭：「好好，妳吃妳的棗糕，我吃我的月餅。」

不等我端出中午的飯菜來，他就打開盒子想吃。我提醒他，「要先供祖先呀。」他抱歉地說：「差點忘了。」他凡事都非常自我中心，只有供拜祖先這件事，他總是從善如流。這也是我二人在生活上、思想上最爲融洽、最最快樂的時刻了。

說來沒人相信，那一盒四個月餅，我們就像小老鼠似地，啃啃停停，一個多月才啃完三個，剩下一個豆沙的，再也沒胃口吃了。就把它收在冰凍箱裡冷藏起來。開玩笑地說：「明年中秋節再吃吧。」那個月餅，就這麼從去年中秋擺到今年端午，再從端午擺到盛夏。我也好幾次想利用它裡面的豆沙做湯團吃掉，但總沒有心情與時間。直到來美之前，撤清冰箱，才取出這個「碩果」月餅，擱在手心裡摸了好久，猶豫了好久，難道還能把它帶到美國去嗎？只好狠個心扔進了垃圾桶。沉甸的噗通一聲，又感到好心疼。

眞是無論如何也沒想到，又會來美國過中秋，而且過得如此的意興闌珊。按說以今日朝發夕至的交通，遠渡重洋原不算一回事。可是我是個戀舊得近乎固執的人，好端端地，又把一個家搬到海外，再住上幾年，對我來說，眞有一種連根拔的痛苦感覺。但有什麼辦法呢？女人嘛，總得顧到「三從四德」吧。

他今晨笑嘻嘻地對我說：「今天公司裡會每人發一個月餅，給大家歡度中秋。就不知道主辦人在中國城能不能買到跟台北一樣香甜的月餅，也不知我分到的是一種什麼餡兒的，只有碰運氣了。」對於吃月餅，對於月餅餡兒的認眞識別，他眞是童心不改。最最愛吃那種皮子紙一樣薄，滿肚子餡兒的廣東月餅。嘴裡好像老留有幼年時在外婆家吃第一個廣東月餅的香甜滋味呢。我呢？小時候爲了偷吃了一角老師供佛的素月餅，罰寫大字三張，所以我的那段記憶遠不及他的快樂。也許因此種下了不愛吃月餅的心理狀態吧？

他上班後，我在想是不是再來蒸一盤紅豆棗糕應應景？何況是我最愛吃的。可是米粉呢？紅豆、棗子呢？都得遠去中國城買，得換三次車才到，哪裡像在台北時跨出大門，過一條大街，五分鐘就買回來了。還有蒸鍋盤碗等等，都得向房東借，太麻煩了。只得嗒然放棄一時的興頭，專心等他帶回那一個月餅了。

他下午比平時早一小時回到家，手裡小心翼翼地捏著一個錫箔紙小包，興匆匆地遞給我說：「喲，月餅。今兒大家提前下班回家過中秋。」他喜孜孜的笑容，就跟在台北時捧著一盒名牌月餅進門時一模一樣。我打開紙一看說：「啊，是蘇式翻毛月餅嘛，我倒比較喜歡蘇式的，你呢？」他說：「蘇式、廣式還不都是餅，我們吃的是月，不是餅呀。妳看這雪白的樣子，不是更像月亮嗎？」他眞懂得享受人生，懂得隨遇而安的樂趣。

我只做了一菜一湯（居處未定，一切從簡）。洗一碟葡萄，再擺上唯一的月餅。恭恭敬敬地向我們在天的父母拜了節，就開始吃我們豐盛的晚餐了。月餅雖非台北名牌出品，但豆蓉不那麼甜得膩人。餡兒像豬肉又像牛肉末子反比金腿可口，也不知是「物以稀爲貴」呢？還是人在他鄉，心情不同。總之，吃起來別有一番滋味在心頭。

飯後原打算出去散一回兒步，可是天氣驟變，霎時間下起滂沱大雨來。氣溫也直線下降（寶島的海洋性氣候都望塵莫及呢）。「中秋無月」，遇上杜甫或蘇東坡等古人，就得吟詩一番，以表遺憾。可是現代人對於月球坑坑洞洞的臉兒，已經不稀罕，中秋有月無月，也就不再關懷了。

何況一陣豪雨過後，暑氣全消，這才是「已涼天氣未寒時」的光景。天公究竟識事務，不會讓你一直過秋天裡的夏天的。我寧願在燈下閱讀，靜靜地度一個冷落清秋節，又何必舉頭望「美國的月亮」呢。

一道菜、一個月餅，就度過了異國的中秋節。可是我還是好懷念在台北臨行前夕，從冰凍箱裡取出來那個石頭樣僵硬的豆沙月餅，我萬不得已地把它扔進了垃圾桶，那沉甸甸的噗通一聲，還一直敲在我的心頭呢！

——七十二年中秋夜於紐澤西州

母親的手藝

在母親那個時代，農村婦女，個個都是粗工細活得會一點，才配做人家兒媳婦，才會中婆婆的意。因爲做婆婆的，也是從兒媳婦熬出來的。

據母親自己說，她的手藝，只有繡花還過得去，其他的，只是能拿得起做就是了。這是母親的謙虛話，在我這個「十個手指頭都併在一起」的笨拙女兒看來，母親的粗工細活都是第一流的。她簡直有一雙萬能手，主要的是她勤懇好學，和我父親結婚以後，因我祖母早逝，祖父疼兒媳，不讓她做這做那，但她就是愛學這學那，樣樣事都不落人後。鄰里中人無不誇她的勤勞賢慧。

可惜我童年時懵懵懂懂，從不知跟母親學點本領。漸漸長大以後，又都在外地求學，只寒暑假回家，嬌嬌女更是茶來伸手，飯來張口。明知母親整天邁著小腳，忙進忙出好辛苦，卻總只顧賴在床上看小說，或找朋友聊天去，何曾幫過母親一點忙呢？

母親逝世已將半個世紀，如今自己已進入老眼昏花之年，想縫補點東西，粗針大痲線的，還總嫌針孔太小，穿針費眼力。想起母親五十多歲還繡出一朵朵開在水藍緞面上的牡丹花、海棠花，鮮豔欲滴。她爲我父親和我織的毛衣，既合身又柔軟暖和。她做的糕餅，外公誇說是全世界最最好吃的。

我越想越後悔，爲什麼在少女時代，不多跟母親學一點呢？爲什麼那樣的懶散呢？可是追悔又有什麼用？老人家去世了永不再回來，年光飛逝也永不會停留。我只有以垂老之年，瑣瑣碎碎地追憶一些當年看母親做各種活兒的情景。一以寄我風木哀思，一以奉勸活力充沛的現代少女們，在慈母身邊，享受無邊幸福之餘，千萬要多多爲母氏分勞。也多多學點日常生活中各種手藝。不只是爲了會點手藝，而是在學習中，才能體會做母親的，愛惜光陰、愛惜物力，與好學不倦的美德啊。

繡　花

繡花，是母親自認爲最最拿手、也最最喜歡的一門手藝。她常常說：「眼看一朵朵的鮮花，在水藍緞子、月白緞子上開放出來，心裡眞舒坦，彷彿自己臉上的皺紋都看不出來了。」

母親說話竟是這般的文藝氣息。其實她除了跟外公念過《三字經》、《百家姓》，還會背有限的幾首《千家詩》之外，實在沒有讀過什麼書。可是她形容起事物來，總是妙不可言。有一次，她邊繡花兒邊自言自語地說：「把廚房事兒忙完了，不捉點晨光繡繡花豈不可惜。」「捉」字說得多妙？她又說：「不過繡花總是越繡越覺得屋子裡冷冷清清的，連繡花針掉在地板上的聲音都聽得見呢。」我頑皮地問：「媽媽，那樣細的繡花針，掉在地板上，會叮噹一聲響嗎？」母親沒有回答。坐在邊上撥著念珠陪母親的姑婆笑笑說：「妳一個九歲的小東西，哪裡懂？」

五叔婆總喜歡在屋子裡無事忙的繞來繞去，忽然插嘴道：「我就不花心思繡這種磨人的花。有錢就去城裡買雙花緞鞋子來穿，多省事？想起當年做新娘的時候，那雙繡花鞋是後娘給的，上面繡的是桃花，沒穿多久就在鞋尖上破了個窟窿。五叔公後來做生意賠了本，就怨我那雙鞋子不該繡桃花。桃花不經久，開過就謝。人家都繡的是梅花喜鵲，那才喜氣洋洋，才吉利呀。我後娘一定沒安好心眼兒，才給我繡雙桃花鞋子。桃花、桃花，好運氣都逃光了。」

聽得姑婆與母親都只是抿嘴兒笑。姑婆與五叔婆完全不一樣，一派大家閨秀風範，一舉一動，斯斯文文，說話細聲細氣，從不怨天尤人，父親母親最最敬重她，她也繡得一手好花，只是上了年紀，不再繡了，就天天撥著念佛珠念佛。

姑公爺（家鄉對姑祖父的稱呼）去世得太早，他們結婚不到十年，姑婆才二十多歲的少婦就守了寡，守著幾畝薄田，把一男二女撫養成人。她是山鄉一帶與全村全鎮有名的貞節烈女，人人都敬重她，母親更是尊敬服從她，侍奉她像自己母親一般。因此我也很愛姑婆，母親忙碌的時候，我就在姑婆懷裡蹭來蹭去。

看母親繡花，我也吵著要繡。姑婆就會找塊彩色綢子，剪成一隻鞋面，用漿糊和紙貼得硬硬的，穿了絲線教我繡。可是我一抽絲線，就會打結。姑婆總是說：「慢慢來，繡花要耐著性子。這是姑娘家第一要緊的。」母親也不時伸過頭來看我幾眼說：「繡得滿好的。把繡花學會了，將來出嫁就不會給婆婆嫌五個指頭併在一起的了。」我噘起嘴說：「我才不要有個婆婆管呢。我將來要文明結婚。我不要穿平底繡花鞋，我要穿最新式的織錦緞的高跟鞋。」對於聞名已久的「杭州織錦緞」與「高跟鞋」，我真是做夢都常常夢見呢。

母親繡花的時間，多半在吃過中飯以後，下午燒「接力」以前（接力是家鄉話，燒給長工吃的點心，接一下力的意思）；晚上呢，都在廚房洗刷完畢以後，就著搖曳的菜油燈繡花，那時我往往已上床呼呼入夢了。

白天繡花，母親偶爾會伸個懶腰，打個哈欠。我就問：「媽媽，五叔婆都睡午覺，您為什麼不睡？」母親說：「沒聽說早起三朝抵一春嗎？多少事兒要做，哪裡還睡午覺呢？」我又說：「看您眼皮搭拉下來，都要用燈草來撐了（這也是母親最愛說的形容詞）。睡眼矇矓的，繡出的花兒就不漂亮了。」母親說：「妳放心，我從小繡花繡到大，摸黑都會繡出朵朵鮮花來呢。」她把手裡已經繡好兩朵的梅花，伸得遠遠地，瞇著眼兒橫看豎看，非常滿意的樣子。我一看，真是好鮮活、好漂亮啊。

母親喃喃地念著：「這雙拖鞋面寄去給妳爸爸過年穿，還要再繡一雙……」我搶著說：「給我。」母親瞪我一下說：「妳小孩子穿什麼繡花拖鞋？」我奇怪地問：「那麼給誰呀？」母親停了半晌，才低聲地說：「給妳那個如花似玉的二媽。」我馬上暴跳起來喊：「您為什麼要給她繡，為什麼？」母親嘆口氣說：「妳不懂，我若只繡一雙，妳爸爸就會把它給了她穿，自己反而不穿。倒不如索性一口氣繡兩雙，讓他們去成雙作對吧。」

母親說這話時，聲音是一種特別的斬釘截鐵。姑婆一直聽著，把念佛珠撥得拍搭拍搭格外地響。穿來穿去的五叔婆也聽見了，尖起嗓門說：「世間眞有妳這種人，花這種冤枉心思。」姑婆忍不住了，也稍稍提高聲音說：「五嫂，您別這麼說，她的心思您哪裡會懂？」

我覺得五叔婆那種暴跳如雷的草包性格，眞是比我還不懂母親的心意呢。

母親的繡花手藝是村子裡聞名的。村子裡若有姑娘出嫁，都會來向母親討花樣，請她教導她們配絲線顏色，告訴她們應該用幾號的絲線等等。母親都一一仔細地指點她們：梅花要淡、海棠花要鮮、牡丹花要豔。著針時都要從花心向外繡，裡深外淺。葉子也是一樣，濃濃淺淺的，看去才有遠遠近近，母親不是個會畫畫的藝術家，可是竟然懂得現代的所謂「透視」與「立體感」呢。

後來我念中學以後，念到兩句詞：「換雨移花濃淡改，關心芳草淺深難。」仔細體味著，豈不正是母親繡花時的心情？我就寫信給母親，把這兩句詞抄給她，並用白話詳細給她解釋。她自己不會寫回信，是託二叔給我寫的。信裡說：「妳抄的兩句詩句眞好，二叔念起來，音調越聽越好聽，我眞是好喜歡。可惜自己從小沒好好念書，不會讀詩讀詞。以後妳若是讀到像這樣好的句子，捉摸著是我喜歡的，就給我抄來，細細解說一下。二叔一念出調子來，我就會記住的。」

二叔在信末附一筆說：「妳母親把這兩句詞反來覆去地念，還聽她邊做事邊哼呢。我覺得妳母親的心情，眞是比『換雨移花』還恍惚。她關心的，又豈是芳草呢？」

讀著信，想起母親低頭默默繡花時的神情，想想她連繡花針掉在地上都聽得見的那分刻骨的寂寞，不由得心頭陣陣酸楚。我究竟已長大，懂得母親的心了。原應當時刻在母親身邊，陪她談心解悶的，卻爲了求學不得不遠離她而去。我只有多多給她寫信，以解她的遠念，但又不忍再抄那樣感傷的句子，觸發她的心事。眞是「人生識字憂患始」，我寧願母親重溫她少女時代輕鬆的小調：「阿姐埠頭洗腳紗，腳紗漂起水花花……」，那樣或許多少還可以使她忘憂解愁於一時吧。

打紵線

今天婦女們用的線，種類繁多，得來也極爲容易。只要走在街上或進入專賣店，就可以隨心所欲地選擇任何質地、任何顏色的線。而且五彩繽紛，光是看看也很有意思。可是在古老的農村，除了繡花的絲線必須進城買以外，棉紗線和紵麻線，統統都是婦女們自己打出來的。棉紗線專爲織布用，紵麻線則用途極廣。分三種，粗的砌鞋底，中的釘被子，細的縫補衣服。紡紗打線都是女人的工作，而我特別喜歡打線。因爲過程複雜，動員的人馬多，我可以在裡面穿來穿去的搗蛋。還有打線必須要在陰雨天，因爲空氣裡溼度高，絞線時不容易斷，打出線來也比較柔軟有韌性。因此我也格外喜歡下雨天，全家上下都在忙，覺得好熱鬧。

打線雖然個個女人都會，卻只有母親的線打出來最勻、最好用。原因是母親心細，在分麻時就一絲絲分得很平均。質地的分類也比別人嚴格。硬麻打粗線，軟麻打細線，眞個是有條不紊。我們家鄉簡稱紵麻線爲紵線，村裡人都誇母親的紵線就好比絲線，又細又軟。

紵線自開始到完成，過程是相當複雜的。第一步是由長工把麻外皮剝下來，浸在淡石灰水中若干時日，等泡軟了，麻的外皮也脫落了，然後撈出來搗散，一綑綑紮好晾到半乾。婦女們就開始把一綑綑紵麻纖維，用大拇指與食指的指甲，劈成紵絲。一群婦女都在忙一日四餐（下午四點長工還得有一頓紮紮實實的點心，稱之爲「接力」），和飼豬雞鴨的空檔裡，坐下來就著太陽光或菜油燈光，邊談邊劈紵絲。劈好紵絲，再把兩根紵絲搓成一根較粗的紵絲，連綿不斷地盤在一個扁竹簍裡。統統搓完了，還要用小竹筒來捲，捲出來的圓圈圈，稱爲「績」。母親的績捲得最是有稜有角，大小均勻，比現在百貨商店裡的絨線團還立體、還紮實。我呢？捲著捲著就變成了橄欖球，連中間的洞洞都閉死了，害得母親又得打開重捲，豈非幫倒忙嗎？

分紵絲、搓紵絲、捲績，都得在下雨天。母親才能把一雙跑累了的小腳，擱在門閂上，眞正休息一下。她坐在吱吱咯咯的竹椅裡，我搬張矮凳靠著她。聽她邊搓紵絲邊唱少女時代的小調。「十八歲姑娘學抽煙，銀打煙盒金鑲邊……」近視的瞇縫眼越瞇越細，看去很媚卻又有點憂愁的樣子。我忽然想起老師教我《楚辭》〈九歌〉裡描寫湘水女神的句子「帝子降兮北渚，目眇眇兮愁予」。老師說「眇」並不是瞎子，而是近視的瞇縫眼，非常的美，美得叫人發愁。我馬上講給母親聽，誇她也跟湘夫人一樣地美。母親似懂非懂地微笑著，一雙靈活的手指頭搓得更起勁了。

一團團的績都捲好以後，再揀個下雨天上機器打線。把中空的績一個個套在小木軸上，拉得長長的，兩根併一根，機器一搖，就絞成了線。但還得漂白、晒乾，這才算完工的紵線。

想想一根普普通通的線，乃有這許多的步驟。朱柏廬先生說：「半絲半縷，恆念物力維艱。」眞正一點不錯。母親本性儉省，對大家合力辛苦打成的紵線，自是分寸都愛惜的了。

紅豆糕

農曆春節新年，對我這個作客海外的人來說，實在是除了鄉愁，便是思親。因此還是打疊起精神，做一兩樣母親當年常做的鄉下點心，以饗友好。一來是誇耀一下自己的「手藝」，二來也足以聊慰懷鄉與思親之情吧。

紅豆糕，是舊時代農村家庭最普通的一道點心。每逢過新年時，母親做起來卻是加工加料。加的料是棗子、蓮子、花生、桂圓肉。母親常常自誇說：「這樣多名堂做出來的紅豆糕，眞比外路來的什麼洋點心還好吃一百倍呢。」

那眞是一點不錯的，我吃過喝洋墨水的二叔從上海帶回來的什麼奶油蛋酥餅，甜甜膩膩的，還透著一股子牛騷臭，哪有媽媽做的貨眞價實的紅豆糕好吃。我問母親：「過新年時吃的東西這麼多，您做糕反倒錦上添花。平時做爲什麼不也加這多名堂呢？」母親笑笑說：「再好的東西，天天吃就沒稀奇了。這叫做少吃多滋味。妳知道蓮子、紅棗、桂圓有多貴呀？過年時是討個好彩頭，五樣名堂就是五子登科嘛。」我跳起來說：「媽媽，我就是您那個登科的子囉。您不是說『男女平權』嗎？」我把小拳頭一伸，十分得意的樣子。

因爲那個時候，就聽人常喊「女權運動」。母親說：「妳們新式的講女權運動，卻只喊不做。我們老式的女人，天天都在女權運動。我們的一雙拳頭力氣大得很，能磨粉、搗年糕，會搓麻繩做草鞋。男人會做的，我們都會幫著做。還有我們的一雙腳，裡裡外外，一天走到晚。不是有女『拳』又有『運動』嗎？到了逢年過節，那就運動得更勤快了。」聽得我的家庭老師哈哈大笑，說母親實在是個實踐的新女性。二叔說：「這叫做『幽默感』。」我不懂「幽默」是什麼意思，還以爲二叔在誇讚母親「有美感」呢，也替母親大大地高興起來。

做紅豆糕的方法其實很簡單，只要把濃濃的紅糖汁，傾入硬米三分之二，糯米三分之一的米粉中和勻（我家鄉在六月早穀收成時有一種紅米，特別香。如果用紅米粉和在一起那就更好吃了）。再加煮熟的紅豆，最後撒入紅棗片、桂圓丁、蓮子、花生等。然後倒入一個缽子裡上籠子蒸。只看冒出的氣筆直了，再用筷子尖插入糕中試一下，不黏筷子就是熟了。

供菩薩和祖先的，母親就仔仔細細在糕的面上，用棗子、蓮子擺出一朵花兒來。普通吃的就只在正中央鑲一粒紅棗，再撒點桂圓碎末子意思意思，我抱怨說：「這麼點兒香料，連小麻雀都瞧不上眼呢。」母親生氣地說：「走開走開，過年過節的，小孩子不准在邊上亂說話。」我有個頑皮的小叔叔，肚才很好，他就吟詩隨口地讚美起來：「這叫做『紅豆糕兒一點心』。」母親聽了高興地說：「對啦，就是這一點點心意嘛。」小叔趁機攤開黑漆的髒手掌心說：「大嫂，先給我一塊嚐嚐嘛，回頭我幫您刷蒸籠。」母親笑罵道：「你幾時幫我刷過蒸籠，倒是幫我清過酒壺呢。」因爲小叔時常乘母親不備，偷碗櫥裡的老酒喝。我也跟著一起品嘗。母親罵歸罵，還是用菜刀切了糕，分我們一人一塊。哦，好香軟，好好吃呢。那股子香甜味兒，至今還留在齒頰間呢。

幾十年來，無論平時或過年，我也常做紅豆糕，各種材料，比當年得來容易多了。可是無論如何的加工加料，做出來的糕，總不及小時候從母親手中接過來的好吃。是自己手藝不到家呢？還是因爲親愛的母親做的任何點心，永遠是最最好吃的呢？

令人洩氣的是我那另一半，竟是個相信西點比中點好吃的「崇洋派」。我每回辛辛苦苦做的，他都不屑一嘗。如果不是朋友們的鼓勵與誇讚，我眞會沒興趣做了。如今來到美國，舉目全是西點，他倒又懷念起我土做的紅豆糕來了。高興他總還有那麼點兒「不忘本」。這回，我別出心裁，紅豆、棗子、桂圓之外，卻以松子、核桃，代替蓮子、花生。而且又加了幾匙巧克力粉。他一嘗，大爲讚賞地說：「這回眞好吃，簡直是中西合璧的巧克力糕嘛。妳眞能『研究發展』。」他的理論又來了。

但爲了紀念母親的儉省，我仍舊稱它爲簡單的紅豆糕。想想母親那個時代，怎捨得買名貴的松子、核桃？又哪兒來洋里洋氣的巧克力粉？但她蒸出來的紅豆糕，怎麼會那麼香軟好吃呢？

編草鞋

早年農夫們穿的草鞋分兩種，一種叫草鞋，一種叫蒲鞋。草鞋只有一層厚厚的底，前後各有一根長長的鼻梁，彎上來連著繩子，套過兩邊各四個圈圈，綁在腳背上，就像現代男女穿的最新式的涼鞋。蒲鞋的頭是方方的。包上來像鞋子，也像一條方舟。草鞋是稻草編結的，供農夫下田工作時穿。蒲鞋是較精緻的蒲草編結的，是工作完畢以後，洗了腳，穿上它享福的。蒲鞋的工比較細，所用工具也不同，所以都是向城裡買，草鞋卻多半由婦女們自己編結。

編草鞋，手工也有粗細之不同。結得好的，紮實又柔軟，穿在腳上很服貼。手工差的呢，那就鬆垮垮的，沒穿幾次就不行了。

結草鞋的工具很簡單，只一張矮矮的長凳，前頭一個木架以便套兩根繩子，成爲四股，是草鞋的經。工作時，人跨坐在凳上，像踩自行車的姿勢，把一條寬寬的腰帶綁在身上，前面的繩子就拴在腰帶的釦子上，綁得緊緊的。然後把稻草一小撮一小撮搓了套過四根繩，上下來回地編結。稻草在事前也要用木棍錘軟，但錘得太過頭了草會斷，要恰到好處，所以錘功也是很重要的。

我家有位堂房四嬸，她結的草鞋又軟又結實，是村子裡第一等的。大家都紛紛向她訂購。她性情沉靜，終日不言不語的，忙完了廚房裡的工作，就到後面天井裡坐下來編草鞋。她坐的姿勢跟別人不一樣，別人都是騎馬式的，她卻是斯斯文文地側著身子坐。我看她這樣扭著坐不舒服，問她爲什麼不正對前面的木架，兩腳跨兩邊坐。她總是很不好意思地說：「那多不成樣子呀，女人家嘛。」

我母親最最喜歡四嬸。每回她編結草鞋時，她都抽空去陪她，端張矮凳坐在邊上幫她理稻草，修剪結好的草鞋。有時前後的鼻梁還要用牙去咬，把它們咬軟，工作可眞不輕鬆呢。

母親擅長繡花，不大會編結草鞋。她總是誇四嬸的草鞋編結得有稜有角的。別說穿了，看看都舒服。四嬸就謙虛地說：「不像大嫂會那麼好的細工，就只有做粗活了。」兩妯娌有說有笑，是她們忙裡偷閒，最快樂的時光。

她們倆在工作時，當然邊上一定少不了我這個搗蛋鬼。四嬸手巧，興致來時，會給我編一隻迷你草鞋，好可愛。我就用細麻線拴起來，掛在襟前蕩來蕩去。這麼游手好閒地看著她們工作，就是沒有學會編，連幫著理一下稻草，修剪一下結好的草鞋都沒耐心。母親一訓我，四嬸就說：「別逼她做，還是讀書好。」母親說：「讀書歸讀書，粗工細活也都提得起一點，長大了才曉得，萬樣東西都是辛苦做成的。」

於是母親就講起祖父上省城趕考的故事。

祖父趕考上路時，身邊帶了最大的一筆財產——兩塊銀元，此外就是一袋麥餅，一小包鹽，一串大蒜頭。腳上穿一雙草鞋，包袱裡帶一雙蒲鞋、一雙布鞋。趕路時穿草鞋，到客棧後洗了腳換穿蒲鞋。到了省城，再換穿布鞋。嶄新的，才好體體面面的做客人。至於兩塊銀元呢，一路上叮叮噹噹地在口袋裡響著，絕捨不得兌換開來，因爲是曾祖父賣掉一角田換來的。有麥餅充飢就很好了。住進客棧，就給旅客代寫家書、看病開方、拆字命相，就把膳宿費賺下來了。母親說：「據妳祖父說，連那雙蒲鞋都只套幾回，還全新的帶回家來了。」

這些古老事兒，母親和四嬸說得津津有味，一遍又一遍的。我，一個頑皮的小丫頭，哪懂得什麼叫儉省。只覺得老一輩的人，太不會享福了。我若有兩塊白花花的銀元呀，一到省城，第一件事就是馬上換開來，先買一種叫做巧克力或朱古力的糖來嘗嘗。然後呢，拿幾個角子買一雙白底亮閃閃的緞鞋來穿上。進省城，怎麼可以穿布鞋呢。祖父居然還會把一雙蒲鞋都帶回家來。這樣的儉省法，不是連房子都要倒過來裝銀子了嗎？可是我們家不但沒有發財，卻一直很窮。什麼原因呢？母親告訴我說：「因爲妳祖父省的是自己，幫起別人的急難，可一點也不省呢。妳可要牢牢記得，祖父穿草鞋進省城，帶蒲鞋回來的事喲。」

她邊說邊用剪刀修剪草鞋。嘴裡喃喃地念著：「只要勤與省，稻草變黃金。」

我眼睛定定地看著，忽然覺得她手裡的草鞋，在太陽底下照著，好像都格外光亮起來。母親和四嬸，把一根根的稻草，都像黃金般地寶愛呢。

穿花球

一想起母親教我穿的花球，就會想起清明節。因爲花球是清明節上墳時，掛在樹梢上的。鮮花穿在一起的花球，在綠葉中迎著風兒飄來飄去，眞是好可愛。至今這情景常在我夢中出現。今年的清明節農曆三月初四，正好是國曆四月四日兒童節呢。

說起兒童節這個名詞，在我們那個時代是聽也沒聽說過的。因爲我們小時候，只知道要聽大人的話，要盡量幫大人做事，哪裡會特別訂個日子，讓我們玩個暢快呢？

事實上，我們鄉下的節目好多好多。簡直天天在過節、時時在過節。比如說採山楂果、插秧、打麥子、犁田車水、做紙……大人們忙得不可開交的日子，小孩子就像過節似地興奮起來了。幫大人做事，哪怕只用個小竹簍、小畚箕拴在身上，跟在長工後面追來追去幫倒忙，總會有得吃、有得喝的，小肚子撐得跟蜜蜂似地。那分快樂就跟過年過節一模一樣。

清明節當然是一個愼終追遠、掃墓祭祖的重要節日。小學與私塾都要放假一天。孩子們要跟著上墳、燒紙錢、放鞭炮、分米糕、放風箏。鞭炮放得響，風箏放得高，表示家業興旺、子孫綿延。因此，小孩子在上墳這一天是很重要的人物。

我是個女孩子，墳壇的高處是不准爬上去的。但上墳不能不去。於是母親就把族裡幾個女孩聚在一起，叫我們穿花球。母親早已教會了我，就由我當小老師教同伴做。採摘院子裡牆腳邊小小牽牛花，有紫色、粉紅色、白色的多種。這種花只開放半天就收縮起來像個拳頭。所以要趁著盛開時摘下，要連花萼一起摘。仔細地剝起花托，就出現一粒綠色小珠子，珠上一條細絲就是花蕊正中間那一根，把珠子輕輕往後抽，珠子就垂下來了。這樣一朵朵抽好以後，再用一根針線，把花繞圈兒穿起來，穿成一個球形，四面八方的珠子掛下來蕩來蕩去，非常美麗。一個花球，大約要二十朵左右的花。可以紅白相間。反正野花滿園都是，可以做好多個花球。把它掛在祭品的擔子上，一路挑上山去。

花球是我家清明上墳的特色，也是我最得意的絕活。爲了做花球，家庭教師答應放假一天。因此我也跟鄉村小學的學生似地，過一天像現在一樣的兒童節。

可是家庭教師不太贊成採摘那麼多花兒來穿花球，他搖搖頭說：「山花山草，自自然然地生長，自由地開，自由地謝。妳把它們摘下來，不是摧殘生命嗎？」我把這話告訴母親，母親想了半天，想出個道理來，她說：「花兒只開一天就謝了。我們把它穿成花球，多開些時光，把花香與顏色供給菩薩與祖先享受，不是更好嗎？而且花木不像雞鴨有血有肉有骨頭，把雞鴨殺了吃到肚子裡，那才眞罪過呢。」我咯咯地笑了。母親問我笑什麼，我說：「媽媽不是也叫長工殺雞鴨嗎？」她把臉一放說：「我反正不吃，罪過是你們的。」

親愛的媽媽，她原是吃素念佛的。穿花球的快樂事兒，才是她喜歡做的呢。

「提防扒手」

動身去歐洲之前，許多旅遊經驗豐富的朋友，都告誡我們義大利名勝古蹟值得留戀，義大利的扒手小偷，卻要特別小心。提包要抱緊，金錢不可露白。我們牢牢記住了，對於義大利人，特別存了戒心。

從新加坡飛羅馬，上了飛機，找到自己的位置，鄰座是一位矮矮的中年男子，頻頻向我們點頭招呼，並告訴我們早點扣好安全帶、扳正座位。看這人面貌很和善，沒有西方人那副五嶽朝天的長相。外子問他的籍貫，他說：「我是義大利人，這次是去新加坡探望兒子的病，我的家在羅馬，我在奧地利工作。」不太流利的英語，態度卻很親切。我們因忙了整天，晚上才上飛機，感到非常疲倦，就閉目養神。我卻忽然想起旁邊正是個義大利人，對我們東方旅客如此表示好感，是否別有用心，可得提防點兒，就輕聲問外子：「你的皮包放在哪個口袋裡？旁邊是義大利人呢。」他回答：「我已經提高警覺了。錢包在靠妳這邊左手內衣袋裡，很安全。」我說：「看他正正派派絕不會是扒手。」他說：「很難講，也許有一種專業扒手，就是在飛機上大動手腳的，電影上不也見過嗎？我們還是小心爲是。」我埋怨道：「我們運氣眞壞，怎麼正巧坐在義大利人旁邊。這麼長的路程，連打個瞌睡都不放心。」他說：「我們輪流休息，妳先睡，醒來後我換到妳的位置再睡，如此萬無一失。」

可是我輾轉不能入睡，義大利人卻已鼾聲大作。我又對外子說：「現在趁他睡著了，你去洗手間，因爲我不願和他聊天。」他生氣地說：「沒這麼嚴重，又不是提防國際間諜，妳太神經質了。」但他還是去了洗手間。義大利人偏偏就醒過來了，隔個位置朝我笑著點點頭，我也報以微笑，索性請教他的姓名，他馬上抽出筆來，在一張紙上寫了姓名。他叫Vittorio，還寫了地址和電話說：「如在羅馬停留較長，希望和我聯繫，我太太都在家，她很喜歡交東方朋友。」我表示十二分的感謝，但心裡想：「萍水相逢，此人何以如此殷勤？一定有企圖，專找東方旅客沒經驗的下手吧。」

到了孟買，飛機爲了安全檢視，全體旅客都要下來在候機室休息，順便讓大家買點兒免稅禮品。在商店巡禮時，這位維多里奧先生就一直走在我們旁邊，有點亦步亦趨的樣子。外子把背包轉到胸前，緊緊抱住，輕聲對我說：「機場混雜，要格外小心，聽說義大利人連護照都偷，而且專偷東方人的。」聽得我心更跳了。

也許我們不安的神色被看出來了，他就稍稍走遠了些，我趁機跨進一間較大的禮品店，看那五彩亮晶晶盤子，著實心愛，好想買一個給朋友、買一個給自己，外子在後邊說：「別買了，免得打開錢包，記住錢不露白。」我說：「只幾塊錢嘛，我錢包裡又沒有大鈔。」他說：「小心，妳看，義大利人又回來了。」他果然又笑吟吟地走回來，對我們說：「這些都是印度特產，別處不容易買到，即使有也貴得多。」我緊捏皮包口說：「時間不多，不想買了。」他卻掏出錢來，買了一個小盤子說：「我太太喜歡小玩意，我比較了一下，還是這家貨色多。」這也許是他又折回來的原因，並非是對我們緊迫盯人吧。我倒有點感到「以小人之心，度君子之腹」的歉疚。悄聲對外子說：「看他眞是個正派好人，我們不如問他：『聽說你們義大利扒手很多，有這回事嗎？應當怎樣提防呢？』」外子說：「怎麼可以這樣問，太沒有禮貌了。」

上機以後，是我挨著他坐。不久，服務員端來了餐點，我胃口小，實在吃不下，只把蘇打餅乾和巧克力糖留下等餓時再吃，收藏了這些食品時，我有點做小偷似地不好意思。細心的維多里奧先生看出來，連忙把自己的餅乾和糖也遞給我說：「我已經飽了，妳都一起留起來吧。」他如此善意，我不好不想點話和他談談。介紹他一些自由中國台灣的情形，歡迎他到台灣玩。他說不久即可退休，兒子也要回羅馬工作，「親人能相守一起最好，錢少掙點無所謂。」他說。我問他歐洲人是否比較重視親情。他點點頭說：「我想全世界的人都應該是一樣的。」我越來越覺得他的和藹可親，也越覺得那樣提防他是一件非常可笑而且不應該的事。就很輕鬆地和他談談自己在台北的生活，和此行的計畫。他聽得高興起來，就又取出筆來，要我留下台北的地址，希望以後來寶島遊玩可以見面。給他寫了詳細地址以後，我頓覺眞是四海之內，皆兄弟也。人與人之間，都能坦誠相愛，該有多好。

羅馬到了。飛機將降落時，維多里奧鄭重其事地對我們說：「你們到羅馬觀光，無論住旅社或走在街上，金錢要格外小心。不要統統放在一起。兩人分開放錢會比較安全，羅馬扒手很多喲。」外子連忙取出錢包，分一部分美鈔塞在我手提包裡（他一向對我的丟三落四最沒信心，此時是無可奈何的權宜之計）。又在自己兩邊內衣口袋東塞一疊，西塞一疊，顯得非常手忙腳亂的樣子。維多里奧默默地在一邊看著我們，露出一臉的微笑。我忽然想：糟了，錢不露白，這一下全被他看到了。這一路上他如此小心翼翼地對付我們，也許就爲換取我們的信心。現在快下飛機了，他不能失去最後機會，定會在大家分取行李的紛亂中下手，我說：「怎麼辦，剛才我們分錢藏時，全被他看到了。」外子也不知所措，雙手抱著提包，夾得緊緊的。聰明的義大利人一定看出我們不安的神色來了。推推外子的手說：「你們應該有個腰帶，像我這樣。」說著，他解開夾克，露出腰帶，又拉開腰帶拉鍊，裡面全是錢。他說：「你看，我就是這樣隨身綁著，萬無一失。」我們連聲向他道謝，知他此一舉動，一定是爲了解除我們對他的猜疑。下機時，他行囊簡單，就一直幫我們提大包小包，和我們站在一起驗關後，又幫我們領取行李。深怕我們言語不通，一路陪我們，直等我們找到來接的朋友，才向我們揮手，珍重道別。

這時候我才長長地吁了一口氣說：「這麼好的一個義大利人，我們怎麼會疑心他是扒手。」外子又念起他的「昔時賢文」來：「害人之心不可有、防人之心不可無。何況人不可以貌相，海水不可以斗量。」我大笑說：「你現在解除警報輕鬆起來，滿肚子的學問都回來了。看你在飛機上怎麼僵得跟機器人似的。」

來接我們的朋友笑笑說：「你們是運氣好碰到好人。其實世界上的人都一樣，有好有壞，和國籍沒太多關係。不過一般來說，義大利人比英美人熱誠。而義大利北部跟南部的人也不一樣；北部的人純樸，南部的人狡猾，尤其羅馬這個觀光大都市。我今天搭計程車就被司機敲了一大筆，他用偷天換日的方法把我的萬元大鈔騙走了。所以還是小心為是。」

是的，還是小心為是，總不會處處都遇到像維多里奧那樣好的義大利人吧。說實在的，我們很感謝他的坦誠相告。他一點也不隱諱自己國家的小小缺點。我們要牢牢記住他的話：「外出旅遊，提防扒手。」

——七十二年九月二十八日

愛的啓示

旅居生活，總算幸運地不止獲得「浮生半日閒」。平時除了閱讀書報雜誌，寫稿寫信盼信之外，看電視也是排遣愁懷的好方法之一。美國的電視台多如牛毛，節目繁盛。你若有「不眠不休」的精神，日夜二十四小時任君選看。當然，許多智識性、社會性的專題訪問、報導節目，是人人都不願放過的。我爲了節省時間與顧到眼力，也爲了使自己「不動心」，總是盡量控制自己，不看驚心動魄的偵探或暴力單元劇，以及盪氣迴腸的古老長片。但是逗得人滿心歡樂的喜劇與兒童節目，仍然捨不得放棄。他們的喜劇，編得自然活潑，笑完了常讓你再想一想，尤其大部分總有一個可愛的孩子，逗你笑中湧上淚花。至於兒童節目與木偶戲，那更是嘆爲觀止，也使你拾回童心，使你忘憂，使你覺得世界是如此的光明美好，人間洋溢著一片祥和的愛。所以我常常在早上選一個兒童節目看，使我一天都有愉快心情可以工作。尤其是他們的公共教育電台，不插一個廣告，尤爲清新可喜。此外，我也在中午進餐時，一個人靜靜地收看一小時所謂的肥皀連續劇。儘管劇情有時荒謬不經得離譜，情節牽扯到無邊無際。正如我鄉俗語說的：「絲瓜藤攀上了牽牛花。」可是每個演員都有精湛的演技，對話、動作都極自然生動。對自己所擔任的角色，都扮演得唯妙唯肖，絲絲入扣。因此故事即使不合常理，也就不太計較了。他們的好處是沒有只捧一二大牌的「明星制度」。各人的戲分都很平均，誰演哪一個角色，逢到誰的戲，就把那一段演得十分賣力稱職。這一點，與我們國內各電視台的「主角制度」不同。我想只要不捧角，各人戲分均勻，誰也不能耍脾氣，而演出「淚灑攝影棚」的插曲了。你如想跳槽，立刻就有別人可以代替。如此則人人皆主角，人人有發揮的餘地，就可大量培養好演員了。

這裡的連續劇爲了適應家居的中老年婦女，總是盡量地通俗化、趣味化。但從中也可以透視美國婦女對戀愛、婚姻的態度，職業與家庭兼顧的適應，老一輩與年輕一代思想的溝通，以及青年男女對性的好奇與困惑。如果能從這些角度去看，來與自己國家作個比較的話，也未嘗不是「開機有益」呢！尤其有些情節的片段，也編得合情合理，非常感人，不但刻畫出人性的面面，也透露出青少年心態問題的嚴重，有時我邊看邊往下猜情節，往往也可以訓練自己的想像力呢。

我看過一段有關少女不正常心態的劇情。一個十七八歲的少女，父親拋家出走，母親因生活壓力，性格變得很暴戾。她身心備受創傷，非常抑鬱自卑。一個知己同學很同情她，每逢母親大發雷霆時，她都躲到這個同學家來住。同學的父親是位正直、負責、仁慈的醫師，她母親早死，後母也走了。父親對愛女的同學也很照顧。日久之後，她對這位中年醫生竟起了愛慕之心；而醫生懵然不知。經女兒提醒以後，他特地約她到醫院辦公室，想好好開導她。他認爲辦公室比較嚴肅，比家裡好談這問題。沒想到女孩誤會了，以爲他有意避開女兒，對她表示愛意。她一時感情無法控制，竟說出她愛他，並認爲他也愛她的傻話。他們的談話，被一個早想扳倒他的醫生所聞，立刻拉了院中醫生護士來看。此時女孩情緒激動到瘋狂程度，反咬醫生引誘了她。老成的護理長把女孩勸開以後，女兒趕來了。哭著問：「爸爸，眞有這回事嗎？」父親閉緊嘴，默默地把女兒摟在懷中，只低低地說：「寶貝，不要擔心，事情一定會澄清的。」女兒仰臉望著父親憂傷的臉說：「爸爸，我相信您，我好愛您。」當她要去責備同學時，父親卻說：「不要責備她，這不是她的錯，因爲她心理上有病。在這時，妳要格外同情她、照顧她。她缺少父母的愛，只有妳是她的朋友了。寶貝，聽我的話。」女兒點點頭說：「爸爸，我懂，我一定聽您的話。爸爸我好愛您。」

這一段話，簡短眞摯，父女演來眞是生動感人。相信編劇者是有相當的情操的。因爲他不著意渲染，卻啓示了愛心的重要。

又有一次，我看到這麼一段情節。一個離婚的少婦，爲了適應新環境，暫時把襁褓中的愛女寄養在丈夫的母親家中，可是有一天，孩子不見了。她五內如焚，只好去電視台對大衆廣播，聲淚俱下地懇求抱走她孩子的人，把孩子還給她，她願出最高的報酬，絕不控告他。馬上就有一個婦人，在電話中帶哭聲地向她承認孩子是她抱走的，因受到她的感動，願意把孩子還給她。她欣喜若狂地等待著。但當那婦人把孩子遞到她懷中時，她打開毛毯一看卻不是她的孩子。她責備她爲何要欺騙。婦人哭著說：「太太，求求妳收留她吧，我實在太窮，養不起她。妳這麼愛孩子，有妳這個媽媽，她會幸福的。」她卻誠誠懇懇地說：「妳錯了。孩子要的是親生母親的愛，而不只是麵包牛奶，妳再貧窮，也要撫養她長大。妳把她送給別人，將會後悔一輩子的。何況我已失去自己的孩子，再也不能使別人失去孩子了。」

這一席話，說得好感人，兩個母親哭成一團。她想給那婦人錢時，她拒絕了，只靜靜地抱著孩子走了。

這麼一段簡單的情節，不過是小小插曲，卻是催人熱淚。相信編寫這一段台詞的作者，一定是深深懂得母愛的偉大的。

對於肥皂連續劇，我有興趣時就這麼「斷章取義」地看，看到不合理的就換一個電台，好在他們的人物多、進展慢，輪流間斷地看，也可以連貫得起來。不像長片非得一口氣看完，耗費時間就太多了。

收看專題報導節目，多少可以了解美國的社會情態，與種種問題。有一次我偶然看到一個談青少年自殺問題的專訪，題目是「死得太早了」（Too young to die）。

主持人是一位電視台記者。他說美國近年來自殺人數比率愈來愈高，尤其是青少年，是一件值得人憂心的事。他請了牧師、心理學家、醫師、家長，與青年學生，還有曾經自殺而醒悟的人來現身說法。當牧師與心理學家到一所中學校作調查時，叫大家俯下頭，且舉手表示，有多少人曾動過自殺的念頭，幾乎全班學生都舉手。再問有多少人曾試過自殺，也有將近一半的人舉手。有一個切腕自殺被救的人，背著鏡頭傾訴他自殺的動機，與重生後的心情。使人感慨萬千。他說他當時只覺得一切都毫無意義了。讀書、交女友、聲色犬馬都厭了。「這種厭倦比疾病還痛苦，比飢餓還難挨。」他說。聽來叫人不寒而慄。這個孩子的父母雙全，學校也是好學校，師長同學們對他都很好，卻爲什麼會有這種自戕的念頭？令人百思不得其解。專家們討論著，他們的看法是：一、父母親太忙，兒女們感到家庭疏離，精神空虛。二、物質的要求，得來太易，官能的享受已到痲木程度，再也沒有什麼夠刺激的事了。三、科技的發達，使心智未成熟的孩子們，失去了對宇宙人生與生命的崇敬之心。四、讀書的壓力與畢業後就業問題的困擾。五、性愛的氾濫。六、先天生理與心理上的缺陷。最後的簡單結論是：父母師長要多多關懷孩子。愛護他們，啓迪他們。社會人士要發揮「幼吾幼以及人之幼」的同情心。只有常說的LTC（Love Tender Care）才能使孩子們快樂健康，走上正常道路。美國是個福利國家，對老年人的照顧，可說無微不至。對孩子們的愛護重視，也是有目共睹的。當我看兒童節目，以及在博物館中看到老師帶著一群孩子，在現場講偉人故事，講最新科學智識，以及欣賞蟲魚鳥獸時，諄諄誨導的神情，孩子們健康活潑的情態，無論如何也難想像，這些幸福的孩子，長大以後，會有犯罪、吸毒、自殺等情事。可見得這不是某一個國家的單獨問題，而是現代文明中究竟缺少了一些什麼之故吧？

我不是教育家與社會學家，眞是感到十分地茫然。

回看自己國家，尙感欣幸的是問題還沒這麼嚴重。但有心人已時常提出警告，例如「鑰匙兒童」、「媽媽回家做晚飯」、「爸爸回家吃晚飯」等的呼籲，也就是對孩子們的Love Tender Care了。尤其是各電視台製作的愛心、教育等節目，都是煞費苦心。對兒童、學生與家長們，應都有很大裨益的。

每天上午九時，ＮＢＣ電視台有非常受歡迎的費爾・唐納荷（Phil Donahue）主持的極富娛樂性又具社會性、智識性的好節目。有一次，我看他訪問一本書的作者，書名是"Children of War"（可譯爲《戰火孤雛》吧）。作者說的幾句話我永不能忘記。他告訴費爾寫此書的動機說：「有一天，我看一個孩子在哭，我問他爲什麼哭，他說：『哭我失去的父母。我一想起他們在砲火中死去的樣子，我會哭一輩子的。』聽了他的話，我也哭了。我抬頭看太陽從東邊升起，照在他的臉上，看他是那般的悲苦無助。想到自己的孩子，也被同一個太陽照著，卻是溫飽幸福。我頓悟這個地球原是圓的，同一個太陽照著全人類，全世界的兒童應當同樣享受幸福。因此我動念寫這本書，報告戰爭孤兒的不幸，喚起人類爲和平而努力。」眞是說得好誠懇感人。

費爾同時請來許多因戰爭喪失父母的孤兒。他們大部分是十幾歲的孩子，也有八九歲的，可是他們臉上都似乎餘悸猶存，一副飽經憂患的神色。現場觀衆都紛紛對他們發問：

「你們不幸成爲孤兒，你們恨誰呢？」

「我恨引導戰爭的政府。」一個較大的男孩說。

「你現在最希望的是什麼呢？」

「我已經沒有父母了，我只希望和平。」

「我希望自己長大以後，能爲和平而努力。」又有一個接著回答。

「你能信任我們的政府嗎？」

「信任，只要能有愛好和平的人領導。」一副大人的口氣。

「可是如果一直製造槍彈大炮，戰爭就永不會停止。」又一個似乎憤憤地說。

「你們很怕再有戰爭吧？」

「我當然不願再有戰爭，但我並不怕戰爭。也許爲了保護自己，仍舊非戰爭不可。」語氣非常肯定。

他們一個個地回答，都是那麼老成，一點也不像十幾歲的孩子，也許是殘酷的戰爭使他們的身心早熟了。

一位婦人以十二分同情的口吻對他們說：「但願你們在我們國家能享受和平與幸福。我們國家的孩子眞是太幸福，也都被寵壞了。他們連打雷都怕呢。你們也怕打雷嗎？」

一個憂傷的女孩說：「戰爭比打雷打怕多了。打雷時，我可以躲到父母親懷抱裡，可是戰爭卻奪去了我的父母，叫我躲到哪裡去呢？」

聽得人好心酸。足見童子心靈，受創之深了。

我非常敬佩這位作家，寫了這本報導戰爭中孤兒的書。他眞是一位有愛心的人。我也希望美國這個居世界領導地位的大國，能夠一直有仁者、智者在位，以正確的外交途徑，爭取眞正的和平。那不僅是美國之福，亦是舉世之福啊。

——七十二年十二月十六日

再做「閒」妻

六年前他調差來美，我追隨他過了三年悠閒生活。因爲沒有正當職業，吃的是一口閒飯，做的是名副其實的「閒妻」，倒也照顧得他「無微不至」，以求無愧於「閒妻」的美稱。

回台灣後我就有自己的生活圈，終日忙忙碌碌地。他有時也抱怨，連中午一個簡單的飯盒，還沒在美國時做的可口漂亮。我回答說：「那時是專業，如今是兼差呀。」他也只好湊合著吃了。這次，他再度調差來美，我也只有義不容辭地再度追隨，做我的專業「閒妻」了。

初到時，我們搬了兩次家，第二次租的房子，是房東剛買下的一幢庭院舊屋。後院裡荒草沒徑，百廢待舉。連冰箱、洗衣機都壞了，房東一家打工賺錢忙，無暇修理，一時也未買新的。我們自己呢？必要的廚房用具如電鍋等等，還封在紙箱裡寄放在他同事家的地下室。缺少了這三件最方便的電氣設備，洗衣做飯都得仗「手工」，菜也得現炒現吃，而且隔天跑超級市場。我這個閒妻，就不怎麼太閒了。

幸得我一向自許爲「今之古人」，對於當年農村時代那樣的手洗衣服，與在灶上煮飯的情景，還頗爲留戀。也自認爲頗有心得，倒可藉此重溫一下舊日的生活。於是我施展出農婦的本領與美德，慢條斯理地把他的襯衫和內衣，一件件用手洗得乾乾淨淨（當然也由於現代的清潔劑效率高），再一件件掛在後院大太陽底下晒乾，或風中吹乾，那股子太陽香豈是從烘乾機中取出所能有的？至於煮飯呢？量準了水，看好了火，慢慢兒地烘，烘出來的飯又香又軟，尤其是鍋底一層恰到好處、薄薄的鍋巴，對我的胃病反而最相宜，這又是電鍋飯所做不出來的。菜呢？因無冰箱，當然每頓都現炒，每頓吃完，吃得他非常滿意（哪個大男人喜歡吃冰箱裡端進端出的剩菜？剩菜都該是做太太的專利品）。

他幫著收衣服時總是很高興地說：「這些內衣越洗越白，跟新的一樣，可見華人洗衣店廣告『手洗』人工的可貴。」他就不知道老妻雙手將生硬繭矣。

吃飯以前，明明飯已烘得熟透了，他總要走來打開鍋蓋，尖起嘴脣使力一吹，說：「哦，好了，可以吃了。」我問他這是什麼道理，他得意地說：「記得我母親當年煮飯，總要打開鍋蓋這麼一吹，傾耳聽聽那聲音，就知道飯是不是透心了。」我問他：「你倒說說是怎樣一種聲音呢？」他神祕地說：「只可意會，不可言傳。」我說：「好，那麼以後的炊（吹）事就歸你主持了。」

殊不知他這一吹不打緊，卻因手忙腳亂，時常打翻我爐邊的醬油瓶、酒瓶等等，害得我更爲手忙腳亂。如此看來，所有的閒妻，事實上都很少能眞正得閒的。

倒是有一次，很感謝他對我的「精神支援」。我正在伏身洗衣，搓得腰痠背痛。口又乾，正想就著水龍頭接點冷水來喝。猛抬頭卻見他端了滿滿一杯桔子水，急匆匆地說：「快喝吧，眞正的鮮桔水，特地爲妳買的。」我接過來喝了一口，唔，鮮桔水，不一樣就是不一樣。那股子清香味兒，有如玉露瓊漿，涼沁心脾。我喝了幾口，就遞還給他說：「你喝吧，你最講究營養，喜歡喝眞正鮮桔水。我嫌太濃了。」他生氣地說：「看妳那『今之古人』的作風又來了。不要太辛苦，難得享受一下嘛。」我無可奈何地說：「你先喝吧，剩點給我就可以了。我的胃裝不下。」我們就這麼舉「杯」齊眉，難得相敬如賓地喝完這一杯玉露瓊漿。相信他一定以爲我像大力水手似地，吃了菠菜罐頭，雙臂力大無窮，洗衣服再也不會痠痛了。

還有燒菜的事兒，我們都愛吃魚，但從超級市場買的魚，看似新鮮，燒來卻很腥。只好炒成魚鬆，倒是香香脆脆，非常開胃。只因魚不像中國城買的新鮮，薑酒之外，還得稍稍多加點鹽。有一天，我靈機一動，把魚鬆撒在蛋炒飯裡一攪拌，竟然像台北有一家館子裡有名的「鹹魚炒飯」，非常好吃，吃得我們胃口大開，飯後不免喝了好多水。他的評語又來了：「妳呀，飯菜越燒越鹹，妳不但是『閒妻』，簡直是『鹹』妻嘛。」我說：「我是從農村長大的。鄉下女人燒菜都很鹹，省錢嘛。你沒聽說過一個笑話嗎？一個母親把一條鹹魚掛在廚房的柱子上，讓孩子們只看一眼，挖一口飯，妹妹告狀說哥哥看了兩眼才挖一口飯，母親罵他會鹹死。可見得中國的農村家庭有多簡省。所以燒鹹魚、鹹菜的『鹹妻』，才是會勤儉過日子的『賢妻』呢。」

他只好搖頭嘆息道：「妳呀，真是一位頑固的『今之古人』。」

垂柳斜陽

初到紐約，暫時賃屋而居。因無家具，向朋友借來一床一桌一椅，過的是最簡單的「三一居士」生活。在台北忙碌奔波了好幾年，再有一段無業遊民的悠閒歲月，也是難得的。

憩居室門外是一座陽台，濃濃的垂柳，低拂欄杆。涼風習習，綠意宜人。就是這一小塊幽靜的方寸之地吸引了我，使我以十二分昂貴的租金，暫時租下。為的是從歐洲一路行來，住處大多是不通風、不見天日的旅社，精神十分委靡。我決心不再住旅館式的公寓。我渴望新鮮空氣、明亮陽光，一下子看到這開放的陽台，和那一片綠，覺得再貴的房租也是值得的。

清晨和傍晚，我都在陽台上做健身操。看見牆角凌亂地放著大盆小盆的花木，由於忙碌主人的冷落，一棵棵都將萎謝了。我於心不忍，就每天給它澆點水，拔去叢生的雜草，不幾天就都昂起頭來，迎風搖曳，而且漸漸地長出新芽嫩葉來了。眞正一枝草一滴露，草木確實是有情的。望著它們欣欣向榮，多日的旅途疲勞，也就很快恢復過來了。

房東是經營餐館業的，太太在中國城打工，太兒子忙上班，三個女兒散處各地。一幢房子白天都空空的，由我一人管領。那一份澈骨的冷清，卻絕不同於在台北自己家中獨處時那一分悠閒溫暖。

有一天，我問難得見面的房東先生，「陽台上那許多可愛的盆花，爲什麼任它日晒風吹？把它們整理一下，搬進屋子裡，也好添點綠意呀。」他漫不經心地說：「這些都是以前的屋主留下的。他們一對老年夫婦，有錢有閒，才有心情玩賞花花草草。我們一家忙賺錢付房子的貸款利息，哪有工夫管它們。那才是玩物喪志，不務實際呢。」

我聽得啞口無言。抬頭看廚房窗口吊著的一盆塑膠花，灰土土的，和他睡眠不足的臉色相映照，我還能責怪他虧待花木嗎？

鄰居並排兒也是一座同樣的陽台。卻是圓桌、軟椅，布置得淡雅舒適。沿著欄杆周圍，栽了姹紫嫣紅的盆花，與低垂的柳條，相映成趣。這棵大柳樹，正好長在兩幢房子之間的人行道上，濃蔭平均地覆蓋著兩座陽台，真個是「綠楊分作兩家春」。不知能有多少美國人，懂得忙裡偷閒，來欣賞這「垂柳欄杆盡日風」的情趣呢？

有一天下午，大雨過後，看見一位老婦人，拄著枴杖，走出陽台，在軟椅上坐下來休息。向晚的陽光，從柳蔭隙中灑落在她童顏鶴髮的臉上。她笑嘻嘻地望著我，我向她打招呼問好。她好像很意外地問我：「妳會說英語嗎？妳是這一家的親戚還是朋友呢？」我告訴她說非親戚亦非朋友，只是短期的房客而已。她有點失望地說：「好可惜，我多麼希望有人和我聊聊天。」我知道美國的老太太最喜歡抓住你就聊個沒完，我實在也沒那麼多時間與興趣。她接著說：「我和這家的舊主人做了將近二十年的鄰居，他們忽然把房子賣掉搬到加州去了。新房主連個哈囉都不和我說。我們言語不通啊。」言下不勝惆悵的樣子。

她步履艱難地走到欄杆邊，把一盆秋海棠搬到圓桌上，偏著頭看了半晌，對我說：「很漂亮是不是？這些花都是我女兒、媳婦送的，她們都好關心我，只是太忙，不能常來看我。我兒子每個周末都來看我一次。大家都好忙。我以前腿好的時候也很忙，現在忙不動了。」

「能有時間休息才是幸福呢。」我說。

「是啊！前一陣子天太熱，我一直在屋裡享受冷氣。今天下過雨，才出來坐坐，妳看這夕陽多美？」

老年人才有時間與心情欣賞夕陽，我心裡想著。

「妳房子這麼大，有人陪妳一同住嗎？」我問她。

「就我一個人住。有一個女工來幫我清潔屋子和做飯。我的兒女們常給我打電話，週末有空就來。」她漸漸地高興起來。

「妳身體很健康嘛。」我說。

「謝謝妳。我是相當健康的。除了腿有點風溼。老了就得健康啊。」

是的，老來就得健康。可是我看她拄著枴杖顫巍巍走路的樣子，心中感觸萬千。我但願自己一直都能「健步如飛」。

「妳都做些什麼消遣呢？電視的連續劇看嗎？」對於這樣的老年人，才能用得著「消遣」二字。

「看啊，怎麼不看？」她大笑起來，對於各電視台的連續劇和播演時間，瞭如指掌。她又說：「每個劇本都荒謬到極點，但我還是要看。有些劇本都連續幾十年了。當年的少女，現在都演祖母了。記得我少女的時候，就笑祖母看連續劇，現在自己也看，孫女們就笑我。」我聽著，卻暗暗地在笑自己。因爲我也愛看那荒謬的連續劇。與自己台灣的作個比較，雖然是一樣的荒謬，而演員的演技自然，布景逼眞，總讓你聽來如話家常，看來如身歷其境。故事呢，總是一個困難接一個困難，一個糾纏結一個糾纏。人生本來就是如此嘛。

下面院子籬笆邊一位老婦人抬起頭來，大聲地問我：「我可以用妳的水龍頭沖洗車子嗎？」

我告訴她我是房客，不是房主人，她笑笑說：「沒有關係，紐約的水是不算錢的。二十五年來我一直用這水龍頭沖洗我的車子，如今這一對老傢伙搬走了，眞叫人生氣。」她嗓門很大，雖然白髮皤然，可是精神抖擻。光著腳，一身短裝，一副老當益壯的神氣。她又問我：「妳是日本人還是韓國人？」我有點生氣，大聲告訴她，我是從中華民國台灣來的中國人。她一聽台灣，就興奮地說：「台灣我去遊覽過，美極了，人也和藹，菜又好吃，只是計程車快得嚇人。」

她一語中的，我報之以微笑。

陽台上的老婦很羨慕地對我說：「她能自己開車到處跑，比我開心。妳說老來是不是得活得健康？」說著，屋裡的電話鈴響了。她急急忙忙站起身來，蹣跚地進屋去聽電話。那分急迫與興奮，正如同我收到台灣親友的來信一般。人，再怎麼愛清靜，如何能孤孤獨獨一個人過日子，沒有親情友情的溫暖呢？

夕陽已西下，兩位美國老婦已在眼前消失。她們都回到自己窩裡去了。我卻仍然久久佇立陽台，眼看萬縷千條的垂柳，隨風飄盪。拍遍欄杆，鄉愁頓起。故鄉的「十八灣」清溪、杭州的蘇白堤，台灣的碧潭、日月潭，一幅幅景象，都浮現眼底。

遊子情懷，豈能豁達地吟出：「人間到處有青山」呢？

鼠年懷鼠

我對於有生命的東西，除了蟑螂蚊蠅，不得不撲滅之外，其他的連人人都喊打殺的老鼠，也不忍加以傷害。這當然是十分「愚夫愚婦」的作風。但我之所以會如此，實在是有一段緣由的。

初中時代，美籍老師施德鄰女士教我們讀《小婦人》，讀到二姊喬，由於有意地把男友讓給最親愛的三妹佩絲，心情不免有一絲絲的矛盾與寂寞。在小角樓裡孤單單地讀書寫作時，一隻小老鼠就是她傾吐心曲的對象，他們乃成了莫逆之交。施老師用抑揚頓挫的音調，讀著這一段文章時，我們全班同學——一群純眞易感的小女孩，都感動得掉下淚來。抬頭看施老師，深凹的眼中也似乎閃著淚光。我當時心裡想，她是一位終身不嫁的虔誠基督徒，專心教書與佈道，難道她也會有寂寞的感覺嗎？這個疑問，當然始終也無法得到答案。但從那以後，我對老鼠不免產生了一分好感。

沒想到整整三十年後，我們師生又在台灣重逢。施老師已白髮皤然，可是精神十分健旺。她由於熱愛台灣，熱愛中國朋友，就決心晚年定居台灣，以傳教終老。我們幾位同學去新竹青草湖看她，她欣慰地對我們說：「台灣眞好，連青蛙老鼠都那麼親切。傍晚散步田間時，青蛙都會跳到我腳背上來。夜間燈下誦讀《聖經》時，有一隻小老鼠，就會匍匐在桌上陪伴我，當然我得餵牠點巧克力糖或餅乾屑。牠的胃口很小，禮貌又好，相信牠只是爲了要陪我，而不是爲了吃。」施老師仍舊是當年授課時的幽默神態。談著談著已經到了掌燈時分，我們好想瞻仰一下那隻小老鼠的風采，可是牠並沒有出來。施老師笑笑說：「牠很聰明，知道今晚有妳們一群老朋友聊得這麼高興，不會寂寞，牠不用來陪伴我了。」

說到這裡，施老師忽然微喟了一聲，輕聲地說：「一個人在寂寞的時候，最最能領受愛，也最最能給予愛。所以寂寞的心是最最溫厚的。當年在教妳們讀《小婦人》那一段故事時，我就有這種感覺。但那時妳們太年輕，說了妳們也不會懂。」

我望著老師深湛的眼神，和滿頭絲絲白髮，才恍然於老師當年爲什麼眼中閃著淚光。也明白即使是終身奉獻於教學與佈道的虔誠信徒，仍然也有寂寞的時候。而小老鼠那麼一個小小的生靈，也能體會得人類一顆溫厚的心，而來陪伴她度過寂寞時光。

由於老師的這一席話，我對老鼠，更不忍動捕殺之念。因此六年前旅居紐約時，不時出沒舊烤箱中的一隻小老鼠，被我以花生米、乳酪等款待著，我們也漸漸交上了朋友。我曾寫過一篇〈鼠友〉以誌其事。可是到了回台時，我不得不與牠告別。整理行裝中，牠好多次跳進我的紙箱，雙目瞿瞿地仰望著我，我可以體會得出牠那分依依之情。但我若帶一隻老鼠回國，一定會連自己都入不了境呢。萬不得已，只好把牠捧到後山坡的一個小洞裡，放些糧食在旁邊，對牠祝告：「天寬地闊，此後你自己求生吧。」就轉身急速離開牠，並狠心地把烤箱破洞牠的出入口都封閉了，以免牠再來遭受房東的捕殺。想想自己曾使牠享受了一段安全溫飽的歲月，此後又得過餐風飲露的流浪生活，我爲自己的爲德不卒，感到歉疚萬分。

那年有一次去愛荷華農莊探望一位美國老友，她安排我睡在一間溫暖的小房間裡。我俯身看見床下擺有一個捕鼠器，彈簧上夾著一塊小小的乳酪。知道屋子裡必定有老鼠出沒，我竟偷偷的把乳酪取下來放在地上，讓牠安全地飽餐一頓離去，因爲實在不忍心在深夜聽到老鼠被誘殺時的悽慘叫聲。第二天早晨，朋友察看，乳酪沒有了，老鼠也沒有捕到。我只好笑著據實以告，請她原諒我的無知行爲，並把我們中國「爲鼠常留飯」詩句講解給她聽。她無奈地搖搖頭說：「妳是我唯一愛老鼠的朋友，幸虧妳只是在此短期作客，如果長住我們的村莊裡，大家知道了，眞會把妳像趕老鼠似地趕走。因爲我們辛辛苦苦種的玉米，如果都餵了老鼠，我們豈不是要餓肚子嗎？」說得我羞慚滿臉，無言以對。

可是到了我回台以後，她有一次在來信中對我說：「想起妳那次在我家，客客氣氣地讓老鼠吃飽了回去的傻行爲，我每回把乳酪裝上捕鼠器時，心中不免爲人類的詭詐感到一分歉疚之情。現在，我索性取消捕鼠器，仔細檢點屋子，把破洞都封閉修補起來，以免老鼠再來。好朋友，我這樣做，妳一定比較高興吧。」讀了她這段話，我眞是好感動。

這次來美時，起初租的房子有庭院，幾株大樹與一片大草坪是松鼠最好的活動處所。我每天看牠們上上下下，機靈地跳躍、覓食，而且努力掘洞爲冬天儲藏糧食，動作非常迅速有趣。我特地買一些花生扔給牠們，牠們坐下來舉起兩隻前腳，捧著津津有味地啃食。看牠們優遊快樂的神情，我深深體會到天地好生之德的一分欣慰。但想想我們台灣，爲了維持生態平衡，保護森林與農田，不得不撲滅松鼠，實在是出於萬不得已。自然界本來就是相生相剋的，益蟲害蟲，原是沒有一個絕對標準的。

我現在的住處是一個新社區，繞屋只有幾叢矮矮的小灌木，幾方新鋪的草地。沒有高高的樹木與廣闊的草坪，自然就沒有松鼠光臨。大家都說新社區好清潔，我也承認。但心裡卻感到有點冷清，一種缺少小動物相伴的冷清，這是否就是寂寞的滋味呢？

但我當然不會愚蠢到去養一隻老鼠來給自己作伴。因爲像六年前那樣通人性的鼠友，究竟是可遇而不可求的。

今年是鼠年，不由得又想起那隻安危未卜的鼠友來。不過想想如此卑微的、人人厭惡的小動物，居然能居十二生肖之首。而牠的最大敵人貓，連譜都上不了。鼠若有知，也可以揚眉吐氣了。不過一聽到有人喊：「鼠年滅鼠」，則鼠們將更難逃浩劫，那麼牠的幸，反而是牠的大不幸了。

——七十三年一月三十日

寂寞的家狗

夜深倚枕讀《中華副刊》，讀到梁實秋先生寫的〈一條野狗〉（《華副》十一月七日），眞可憐那條被兩個主人兩度抛棄的野狗，已做了五隻小狗的媽媽，仍不能獲得人類的憐惜，而不免於被捕殺的悽慘結局。使我難過得轉側難以成寐。因爲我腦子裡也浮現起好多隻命運悲慘的狗。但牠們不是野狗，而是家狗。家狗應當是被呵護得無微不至的，可是我記憶中的那幾隻家狗，卻是被「親愛的主人」所棄置不顧的。（梁先生寫的那隻狗，原不也是家狗嗎？）

在美國，常常看到行人道上幸福的狗兒，「牽著」主人優遊散步，我就會想起那幾隻嗚嗚悲鳴的狗來。這個世界，豈止是人類的際遇有幸與不幸，狗的命運，也有天壤之別啊！

二十多年前，我們分租一幢平房，剛進門，一隻矮矮瘦瘦的狗就向我搖尾迎來。不但毫無敵意，而且一見鍾情。我因一向賃屋而居，不許可養狗，如今有一隻現成的狗伴，眞是喜出望外。立刻丟下待整理的東西，蹲下來和牠寒暄攀談起來。我問主人牠叫什麼名字，主人說，「狗就叫狗，還要什麼名字？」於是我就叫牠「快樂（Happy）」。外子笑我身上狗味太重，所以狗那麼歡迎我。我說有狗味又何妨？只要不失人味就好。

原來房東最討厭狗，養狗只爲守門防盜。偏偏這隻狗膽小如鼠，聽到大門外有特別聲音就往廚房躲，更難博主人歡心。自我搬去以後，時常帶牠外出散步，見見世面，牠膽子漸漸大了點，也肯管點事兒了。女主人有一次不小心讓開水把牠背部燙傷，牠也毫無怨尤。我悉心爲牠調治痊癒，牠越發與我相依爲命起來。我眞打算搬家時一定把牠帶走。

一個冬天的傍晚，我們去看電影，「快樂」一路送我們到公車站。我們匆匆上車後，卻想起大門關了，牠一定進不去。那一場電影，我都無心觀賞。回家已夜深十二時，開門時不見「快樂」來迎接。次晨遍找不得，問主人只是漠不關心地說根本沒看見。那兩三天裡，我一下班回家就到處呼喚，卻始終不見蹤影。忽然發現寓所附近有一家香肉店，可憐這隻被我調養得已漸肥胖的忠厚的狗，無疑地已成了粉身碎骨的盤中餐。我雖不殺伯仁，伯仁爲我而死。我眞是好難過。如非我一時疏忽，牠也不致遭此毒手啊。至於房東，狗丟了正中下懷。我因此寫了一篇〈失犬記〉，不久，一位讀者給我送來一隻矮矮胖胖的臘腸狗，可是洋狗野性難馴，屋裡屋外滿處跑，引起房東太太的不滿，只好把牠送回原主。這件事，到如今，一直耿耿於心。

遷居公寓二樓以後，更難實現養狗的願望。卻看見樓下鄰居，把一隻大狗終日關在天井裡。我有時去後陽台晾衣服，向下看看牠，友善地和牠打招呼。牠抬起頭來，又跳又搖尾巴，恨不得一下子跳上樓來，可想牠有多寂寞，只爲主人整天不在家，養牠也只爲看守門戶。我那時已退休，倒是有不少時間，與牠樓上樓下地相看兩不厭。但牠那一對無奈的眼神，總使我感到很不忍。有一天夜晚，忽然聽牠狂吠起來，一聲聲非常悽厲，我急忙奔到後陽台，暗黑的暮色中，只看牠似在痛苦地掙扎蹦跳。眞擔心牠突然得了什麼急病，奔到樓下敲門無人答應。又趕到後陽台，用電筒照牠，牠似乎聽到我喊牠的聲音，可是只勉強抬了下頭就躺在地上不動了。嚇得我六神無主，直等到深夜，主人才回來，我急忙下去告訴他狗的事，與他們到後面一看，發現狗脖子上套了一條很粗的鐵絲，狗被活活勒死了。原來是小偷行竊，先對狗下毒手，聽我跑到後陽台，他只好跑了。可憐一條忠心耿耿的狗，就此犧牲了生命。主人慶幸的是小偷行竊未遂，狗，當然還可再養一隻。

過不多久，在公寓遠遠的牆角，忽然來了一個老鞋匠，俯首勤奮地工作著；腳邊臥有一隻跟他一樣邋遢的老狗。我每回經過時，總要停下來看看他們，狗抬起茫然的眼睛看看我。顏元叔先生說得對，狗眼一點也不看人低，牠總是抬頭望你。我問老鞋匠牠叫什麼名字，他苦笑一下，搖搖頭說：「我也不知道牠叫什麼名字，牠本來不是我的，是那邊公寓一樓的人家因爲又有了一隻名貴的小狗，怕牠欺侮小狗就把牠丟掉了。牠天天在門外慘叫，頭向門檻底下鑽，把鼻梁都擦出血來，我看牠太可憐，就收留了牠。」我一看狗鼻梁上確是有一大塊傷痕，不由得憐惜地伸手摸摸牠。老鞋匠問我：「看妳很喜歡狗，妳就收留牠吧，因爲我歲數大了，快要回台南去，也帶不走牠，可憐牠又要當野狗了。」我楞楞地站著，半晌不知如何回答。只好說：「等我再想想看吧。」明知這是一句逃避的話。事實上，我明明無法養一隻大狗在二樓。那幾天，我竟然不敢從老鞋匠身邊經過，我怕那隻狗一對惶惶然求助的眼神，卻又是無法接受牠。一星期後，又忍不住再經過那兒，老鞋匠和狗，竟都已經不在了。我心中如有所失。那一分自責的歉疚，久久難以排遣。我總在記掛著，老鞋匠能把狗帶走嗎？還是他不得不丟下牠呢？也許他已爲牠找到一家好心的主人了。但爲什麼，那個好心的主人不是我呢？

我因而寫了一篇〈老鞋匠與狗〉的兒童故事。把那隻狗的歸宿寫得非常溫暖幸福，一來是不忍讓小朋友們傷心，二來也是由於一分贖罪的心情吧。

再度遷居到公寓的一樓，爲免精神負擔，仍無勇氣養狗。偏巧右鄰一家麵包店門口臥著一隻彪形大狗，貌雖狺狺然，心地卻十分和善。只是牠終日被繩子拴著，能活動的就只有店門前方寸之地。我沒有問店主牠的名字，就隨自己的意思，也喊牠「快樂」，一聲Happy牠就知道是喊牠，每回都站起來，親熱地和我打招呼，還伸出前腳與我相握。我不由得慶幸自己，無養狗的麻煩，卻又享受養狗之樂——多自私的念頭啊。可是好景不長，「快樂」不久就顯得無精打釆的樣子。嘴角流著口水，見我也沒力氣搖尾巴了。原來那些做蛋糕的男工們，沒有一個是好好看待牠的。平時都是隨手扔點麵包皮、蛋糕屑給牠吃，牠飢不擇食只好吃了，吃多了油膩的蛋糕，怎能不病呢？我勸他們要帶牠看醫生，他們只是不理睬，還嫌我多事呢！我在想，是否應該由我帶牠去台大家畜醫院治療呢？可是這麼大的狗，我又怎麼把牠運去呢？一直猶豫著卻一籌莫展。便對店裡一個時常跟狗玩的小孩說：「狗病了，你告訴爸爸媽媽帶牠去看醫生呀。」小孩說：「我爸媽不在這裡，這是他們的狗，他們說，狗病了，好髒，叫我別碰牠。」病狗確實好髒，連我也不敢碰牠了。可是每天經過牠旁邊，心頭負荷著一分見死不救的罪孽感。終於，沒多幾天，牠就不見了。我忍不住問那些工人：「狗呢？」他們似乎都懶得回答我。小孩大聲地說：「死掉了啦。」我問他：「牠是你好朋友，牠死了，你難過嗎？」他說：「難過呀。我要媽媽給我買隻小狗。」我勸他：「你現在還小，不會照顧小狗，等長大點再養吧。」他說：「我會，我要現在就養。小狗長大，我也長大，我要和小狗一起長大。」童子情眞，使我於泫然中，禁不住破涕爲笑。

　　這許許多多不幸命運的狗，牠們無依的悲苦神情，時常浮現眼前，總使我輾轉難安。梁先生文章中說：「唯一釋懷的方法是把事情寫出來，也許寫出來心裡就會好過一點。」但我現在一樁樁寫出來了，不但沒有好過一點，反而愈加感觸萬端。也許是年事日長，心靈愈加脆弱之故吧。有時一個人寂寞地追憶著，竟會泫然欲泣。想想自己，明明是那麼愛狗，卻又不養狗，豈不是由於自私、不肯負照顧之責呢？而那些不愛狗偏又養狗的人呢，則是另一種自私，自私地利用狗的忠心。再說，有錢人養狗，是爲了自我炫耀。只有貧苦之人養狗，像那位落寞的老鞋匠，那才是眞正的同病相憐，患難相依啊。

我，只會分出一點點餘暇的心情，去撫玩一隻不需要我餵養照顧的狗。一到牠們有急難，就躲得遠遠地不顧而去。我能比那些殘忍的狗主人好得了多少呢？如今又以餘暇的心情，來一一悼念記憶中含悲而死的狗，又能於事何補呢？狗死已矣，牠們無怨也無恨。而我的悵憾，似無已時，如此看來，可憐的倒不是狗，而是我自己了。

——七十二年歲暮於紐澤西州

附記：欣悉九歌出版社已請王大空先生與心岱女士，合編完成《寵物與我》一書。相信其中文章所描寫的都是備受寵愛的幸運小動物，無論成人與小朋友們讀後，都會更體會飼養小動物的情趣。更有純文學出版社，於前年費盡苦心，重印豐子愷先生的《護生畫集》全套。主旨只在奉勸世人，多多發揮廣大的慈悲心，愛惜天地間所有生靈。在處處充滿殺機的今世，實在是力挽狂瀾的一點苦心吧！

貓債

小時候在家鄉，每天只要讀完書被老師放出來，就到廚房的灶下柴堆裡抱起小貓，唱著歌兒，東走西走。有一次，走近有潔癖的五叔婆身邊，她就大喊：「走開走開，妳跟小貓一樣，身上的跳蚤有一擔。」我馬上覺得渾身奇癢起來，放下小貓，纏著母親給我捉跳蚤。忙做飯炒菜的母親哪有時間呢？呶呶嘴說：「到廊前太陽底下晒晒暖的外公那兒去，他會給妳捉。」我說：「外公老了，手指頭不靈活，捉不到跳蚤。」就這麼纏著的時候，一不小心，碰倒了一張條凳，那沉重的木板恰巧切在地上爬行的小貓脖子上，牠立刻慘叫起來，痛苦地蹦彈起一尺多高，蹦彈了好幾下，眼看牠倒在地上，氣絕而死。我驚駭得大哭起來。五叔婆說：「一條貓九條命，這下子看妳怎麼還得了這筆債。」我心裡既害怕，又傷心，看看五叔婆臉上那副表情，不知怎地越來越生氣，忽然直起脖子，衝著她喊：「妳這個老太婆，我好討厭妳，妳走，不要妳在我家。」

拍的一下，母親的一記手掌，重重地摑在我的嘴巴上，命令道：「給我跪下。」我一時嚇呆了。因爲母親從不打我的，尤其從沒叫我跪過。她爲了我觸犯五叔婆，這樣懲罰我，我滿心的忿怒與委屈，就不顧一切地奔出廚房，正看見了外公慢慢走過來，就一頭鑽進他懷裡，昏天黑地大哭起來。外公輕輕拍著我，等我哭夠了，在我身邊小聲地說：「去向五叔婆賠個不是，妳太沒有規矩了，所以惹媽媽生氣。五叔婆比妳媽媽還長一輩，跟外公同輩的呀。」

我只好抹著眼淚，怯怯地走回廚房，看見母親沉著臉。五叔婆坐在凳子上咒罵自己不孝的兒女害她受氣，怨自己命苦。情勢這樣嚴重，我眞是好害怕。想想小貓被我壓死了，五叔婆不喜歡我，媽媽又狠狠地打了我一巴掌，連外公都說我錯了。我這樣做人還有什麼意思？眞恨不得掉頭就跑，跑到後山邊尼姑庵裡躲起來，躲上幾天幾夜，看他們急也不急！但是又想起媽媽爲我蒸的中段黃魚，還香噴噴地悶在飯鍋裡。本來說好我吃黃魚肉，滷汁拌粥給小貓吃的。現在小貓死了，我肚子仍然很餓，一個人跑到尼姑庵裡，尼姑會給我飯吃嗎？沒有大人一起去，尼姑是不大會理我的。左思右想，還是待在家裡好。只好像爬蟲似地拖著雙腳到五叔婆面前，抽抽噎噎地說：「五叔婆，別生氣，我下回不敢了。媽媽已經打了我，我會永遠永遠記得的。」說著說著，又忍不住眼淚撲簌簌掉下來，五叔婆大聲地說：「我是好心，總勸妳不要玩貓。畜牲是前世作的孽，投胎做一世苦命的貓，也算還了孽債。妳把牠弄死了，害牠還要再轉一世貓，妳就欠牠的債了。」聽得我打起哆嗦來。母親連忙把我拉過去，用熱毛巾擦了我的臉，溫和地說：「我已經念了經，把小貓埋了，妳放心吧。現在跟外公去穀倉門前晒太陽，吃晚飯時會叫妳。」

我和外公靠在穀倉邊的稻草牆坐著，後門開在那裡，深秋的寒風從門外陣陣的吹進來，院子裡枯黃的樹葉在地上沙沙地捲來捲去。太陽偏西了，蛋黃色的光照著外公滿是白鬍鬚的蒼老容顏。我忽然覺得這個世界好荒涼、好冷清。外公老了，我還這麼小，我把雙手伸進外公舊棉襖的大口袋裡，囁嚅地問：「外公，小貓是我壓死的，五叔婆說一條貓有九條命，我眞的會欠牠債嗎？」外公說：「妳不是存心殺牠。小貓不會恨妳的。媽媽已經念了《往生咒》，菩薩會超度牠的。」我又迫切地問：「牠還會投胎做貓嗎？」外公笑笑說：「我想不會了，牠這麼小就死了，早早了結孽債，倒也好了。」我還是很害怕地問：「那麼我會不會有孽債呢？」外公把我摟得緊緊地說：「妳放心，只要妳端端正正做人，心腸好，什麼孽債都會消除的，往後不要再想小貓的事了。」

太陽已經下山，外公牽著我的小手，走回廚房。母親已經把熱氣騰騰的飯菜擺在桌子上，中段黃魚仍然放在我的面前，外公面前是雞蛋蒸肉餅。這樣好的菜，我肚子也好餓，可是在吃黃魚滷汁拌飯的時候，又不禁想起可憐的小貓來。我在心裡默默地祝禱著：「小貓，你知道我是愛你的，原諒我的粗心大意吧。從今以後，我一定要好好看顧所有的貓，因爲做一世貓很苦。這裡面也許有你再投胎的呢，我一定要好好待你啊！」

我跪在長凳上喃喃地自語著，外公和母親慈祥地看著我。這幅情景，時時出現眼前。

童年時對貓許下了這樣的願心，可是長大後由於生活環境的不時變動，一直無法養貓。到台灣很多年以後，才開始養貓，可是竟沒有一隻貓得享天年。如今一件件追憶起來，心中好難過，難道我眞得欠貓一輩子的債嗎？

——七十二年歲暮於紐澤西州

不放假的春節

「今年春節，公司不放假。」他早幾天就告訴我了。我總是想，說說罷了，到時候還是會放的，一年一度中國人的大節嘛。猶太人不是什麼節都放假嗎？可是到了除夕早上，他還是一本正經地對我說：「今天下午，我仍照常在七時左右到家。」我不甘心地問：「眞的連半天假都不放呀？中秋節都放半天呢。」他說：「中秋節不一樣，放半天就只是半天。除夕如果放了，第二天是初一，放不放就爲難了，所以索性根本不放假，入邦隨俗呀。況且公司的業務要緊，我們老闆還出差去，年初一都不在家呢。」

我已經沒心思聽他的大道理了。只睜大眼睛望著窗外。路邊積雪堆得高高的，天空卻是一片晴朗，沒有一絲兒雪意，倒眞盼望忽然下起大雪來，像上次似地。電台電視一預報將有大風雪，爲了安全，他們就提前下班了。可是今天不會下雪，他非得天黑才到家了。

其實年節對我這樣歲數的人來說，本來已很淡薄了。在台北時，每到過年，心情反而都很沉重，總像被硬拖著跨過年關似地。嘴裡說著「恭喜」，心裡卻絲毫沒有喜的感受，只覺得年裡年外那幾天好難挨。如今身在異國，過著沒年沒節的日子，也省得煩心，豈不更好呢。可是看他提著公事包，頂著凜冽的霜風出去搭車的蹣跚背影，總覺得他這樣地奔波，連大除夕、年初一都沒有休息，眞是何苦來？

目送他車子遠去，環視屋外光禿禿的新栽小樹，和披著殘雪的矮灌木，沒有絲毫年景，只一片荒涼、冷清，眞叫人涼到心底。想想台北此時，巷子裡兒童嬉戲的喧譁聲，此起彼落的鞭炮聲，總給你一分熱鬧與溫暖吧。爲什麼要在此度冷冷清清的年呢？

一個沒有假期的新年，這一生倒是第二次。第一次是五十多年前，我在初中二年級的時候。那時因爲政府厲行國曆，乃通令全國機關學校，農曆年不得放假。學校的寒假本來是包含農曆年的，爲了非上課不可，只得把寒假切成兩段。大考完畢先放十二天假，放到農曆十二月二十三日送灶神那天回校上課。上到初六再放假十二天，總算讓你過個燈節。

記得那年杭州也是大雪紛飛。我家離學校極近，本來五六分鐘就可到達，可是那天心不甘、情不願地足足走了二十多分鐘，拖到學校裡，大部分同學都遲到了。一進課堂，英文課的美籍老師已經笑嘻嘻地在講堂上等我們了。平常她是絕對不許遲到的，可是大年初一她也特別寬容。等大家坐定後，她說了一聲we11，然後用流利而咬音不正確的杭州話說：「恭喜恭喜，大家放（發）財。」我們齊聲說：「我們不要放財，我們要放假。」她笑笑說：「我也很想放假，但是妳們的政府不准放假。好，今天我們不講課文，來講古（故）事好不好？」「好」，大家高興起來了。

於是老師講了個故事：

我做小孩的時候，家境並不寬裕，爸爸是牧師，媽媽是護士，他們省吃儉用積蓄點錢，準備新年假期出外旅行。我們小孩當然好興奮。早幾天就把自己小小的旅行箱整理好了。誰知就在除夕那天，鄰居的孩子得了急性肺炎，要立刻送醫院。他們比我們更沒錢，於是我父母親就把打算去旅行的錢全部給了他們，我媽媽還去醫院照顧她，連飯都沒回來做。我覺得很寂寞，很不開心。爸爸捏著我的手，溫和地對我說：「妳應該慶幸自己身體健康，才能夠蹦蹦跳跳地玩。想想妳們的朋友，躺在床上發高燒，多麼不舒服？她的父母又是多麼擔憂？我們的朋友有困難時，我們應該在她旁邊多多幫忙，不應該只想到自己的享受，這就是同情心，妳懂嗎？」我雖然點點頭，實在是半懂不懂，因爲我們仍然很懊惱不能出去旅行。不久鄰居孩子病好了，我去看她。她比我大兩歲，我們本來就是好朋友。她把我手拉過去，從床頭拿出一樣東西，放在我手心裡說：「這是我自己用木頭雕的小馬，送給妳做紀念，謝謝妳爸爸媽媽對我這麼好。」她說話時眼中滿是淚水，我也感動得流下淚來。那時，我才知道自己過了一個眞正快樂的新年。這隻可愛的小馬，我一直寶愛地收藏。今天我給妳們講這個故事，也特地把這小禮物帶給妳們看。

老師從口袋裡摸出一個用錦盒裝的小木馬，給我們全班傳觀一遍，木馬因爲時常撫摸，已變深紅色，正顯示無比深厚的友情，我們都深深感動了。老師又告訴我們，她這位朋友，是孤兒院院長，終生爲貧寒兒童服務。過得健康而快樂。

老師最後回到書本上說：「《小婦人》裡的四個姊妹，抱怨聖誕節沒有禮物，抱怨工作辛苦。她們的母親勸她們要多多想到比她們更困苦的人。這是開頭的一章，妳們記得嗎？」

由於老師的一席話，我們頓覺全屋子都溫暖起來。下課以後，班長提議大家捐出壓歲錢的一部分，送到青年會，轉給孤兒院。大家一起舉手贊成。叮叮噹噹的銀元角子，一下子就捐了一大袋。我們大家又把口袋裡的糖果掏出來，大家交換吃。邊吃邊唱，我們過了一個沒有放假的快樂新年。而且覺得不放假反而好，因爲到學校裡，才有這許多的朋友一同玩樂、一同吃糖果。而且還聽老師講了那麼好的一個故事，使我們多多少少懂得了，什麼樣才是眞正的快樂。

時隔半個多世紀，如今追憶起這段往事，想想自己活了這一大把年紀，心胸反不及十幾歲時的寬敞知足。只不過是少放了兩天假，竟像是一生就吃了這一次大虧似地，悶悶不樂。捫心自問，這把年紀豈不是白活了嗎？

慚愧了一陣，心地反而開朗了。他於暮色蒼茫中回到家時，我已經把祭祖的菜肴與年糕、水果等等，整整齊齊，擺在桌上了。

能得平平安安過年就好，不要抱怨，不要憂愁吧。

——七十三年二月十八日

報上見

與投契的文友通電話，道別時我們都會說一聲：「報上見。」那就是彼此勉勵，多多寫稿。能在報上讀到好友的文章，就有如見面談心了。

現代人沒有一個不忙碌，內外兼顧的主婦們尤不例外。她們於一天工作、閱讀之餘，總會有許多感想，願意與朋友傾吐或分享。通電話吧，時間不合適，而且打擾別人的作息時間，尤不相宜。寫信吧，朋友收到信時固然高興，沒有時間回信的話，就成了心理負擔。

有一次，和一位朋友談得好投機，分手時，我說：「我給妳寫信好嗎？」她坦率地笑答：「我喜歡收到信，但不喜歡回信。」這正合了古時候一個詩人的話：「慣遲作答愛書來。」可是慣遲作答，怎能盼望多有書來呢？

單行道的書信，能維持長久的，只有兩種情形。一種是追求異性的情書，像奧國名作家褚威格著的《一個陌生女子的來信》。那痴情女郎給她傾慕的男子寫了一輩子的信，從沒盼望得到回音。那一封封情書，眞個纏綿悱惻，令人百讀不厭。但那究竟是小說家的幻想呀。在實際人生上，多少次的書信石沉大海以後，也就心灰意懶了。另一種鍥而不舍的書信，就是現代的「孝順」父母給兒女們寫的信。任是不回信，仍舊繼續地寫，且繼之以越洋電話「問候」兒女平安。

我原是個比較愛寫信的人，但近年來也盡量控制自己，少寫信，以免對朋友太多干擾。偶有思與感，就寫成一篇稿子寄到報刊去吧！尤其是身在海外，關懷我的朋友，能看到我作品，雖相距萬里，也就快如睹面了。這就是「報上見」的最大意義了。

說起懶回信，我又不能不數落我那提筆千斤重的「另一半」。那一年他調職先來美國，我因教書學期未結束，仍在台北。爲了怕他心掛兩頭，每回給他寫信，都把每日的生活細節，不厭其詳地向他報導，寫得是「情文並茂」，心想他一定感動不已。沒想到他的回信像打電報，除了標點不過數十字，末後主要的一句話，並不是「相思無已時，努力加餐飯」。而是「以後來信務要簡短，我事忙又累，無時間看」。我傷心之餘，才對他有「家書數字，惜墨如金」的贈言。幸得我那時在《中華副刊》上的專欄，時常被轉載到國外，他看了非常高興。因爲讀了我的短文，了解我的生活狀況與心情，仍有接讀家書之樂，而無回信之苦。因此他也寧願和我在「報上見」，而不必在家書中見了。

現在我又追隨他來美。每天他下班回來，看他那副疲乏的樣子，也就不想和他多說話。我這種塗塗寫寫的人，當然睡得晚，他早晨又走得早，二人同在一個屋頂下，倒有點「參商不相見」的樣子。後來想了個辦法，我如有事向他「報告」或商量，深夜寫張條子擺在他枕頭邊。他回答我或有事「指示」我，清晨留張條子在我枕頭邊。這，不是什麼「枕邊細語」，而是夫妻倒成了「筆友」了。

寫到這裡，倒想起一個朋友的笑話，她說年少夫妻要恩恩愛愛是「相敬如賓」。兒女一個個出生以後，丈夫忙於掙錢養家，妻子忙於撫兒育女，兩人倒顯得彼此冷落沒什麼話說了，於是由「相敬如賓」而變成「相敬如冰」。及至晚年，兒婚女嫁，原當是「年少夫妻老來伴」，有商有量才是，但遇到彼此心情惡劣時，一言不合，不免豎眉瞪眼起來，那就由「相敬如冰」變爲「相敬如兵」了。想想我們能成爲文謅謅的「筆友」，而沒「相敬如兵」，就算非常值得安慰了。

在台北時，我寫了稿子，他有個給我「核稿」的好習慣。我必得向他呈閱，經他指點錯字後才放心寄出。來美後他卻沒有這分閒情逸致了。我當然不再呈閱就逕自寄出。待稿子刊出，他在報上看到後，就會從辦公室打個電話回來，對我說：「文章還不錯，很高興，我們在報上見了。」

「報上見」，我們不是筆友是什麼呢？

——七十三年一月十九日

窗外

我廚房的一扇窗戶，視野相當廣闊。每天在廚房工作時，眼睛自由自在地望向窗外。天邊的朝暾晚霞、不遠處的亭亭花樹之外，我倒是喜歡看馬路上的車輛與行人。因爲這裡有點小鎮風味，不像紐約市區那麼擁擠與匆忙。因此許多「老人車」像牛車似地駛得慢吞吞，行人也走得從從容容，看去非常有趣。

我寓所與一幢高聳雲霄的老人公寓遙遙相對，每天看一位位老人，優遊自得地散步或開車，前面好像還有無窮快樂歲月的興匆匆神情，眞令人羨慕。我常常問老伴：「什麼時候，我們也可以住老人公寓呢？不要自己做飯，不要打掃房子，多享福啊？」他說：「快了快了。退休以後回台灣，住花園新城的老人公寓，比這裡的還舒服呢！」我忽然感到手裡的菜刀都好沉重。做了幾十年的「煮婦」了，眞想吃口現成飯，免得老伴嫌我怎麼菜越燒越淡而無味了。

每天大清早，必有一輛黃色校車駛到轉角處接小學生。這些小孩子，都是自己提著書包排隊等車，沒有大人護送。前天大雪以後，一個小男孩因車子還沒來，就跑到雪地裡跑跑跳跳。另一個大一點的也來和他一起玩。不一會兒車子來了，他們急急奔向車門，小的一個先上了，大的孩子一跨上去，急忙又跳下來，跑到排尾站好，那副神情非常可愛。他一定是想起自己原來不是排在前面的，不應當搶先上車。這種守秩序的精神表現令人很感動。

排隊精神，實在是非常値得提倡的。這不但可以樹立良好秩序，增加工作效率，還可以培養一個人耐心與禮讓的美德。其實排隊的時間並不會浪費的，你可以閱讀、可以觀察周遭事物，還可以沉思默想，時間是很容易打發的。聽說英國人最喜歡排隊，你只要一個人端端正正在某一個地方定定地站下來，作排隊狀，後面自然就會有人一個接一個地排上來，也不問目標爲何。這當然是諷刺英國人呆板的一個笑話。但也可見英國人守秩序的生活習慣，已成自然了。

我們住的社區，許多房屋還正在建造中。因此工人每天工作不輟。其中有一位年齡最高的管理員，頭髮都白了，他起得最早。不論風雨，他都開一輛小卡車，笑吟吟地高坐在上面，精神抖擻地到處爲其他工作地區運送材料。經過我窗外時，我都向他擺擺手，說聲：「嗨，您早。」他眞是位壯健的快樂老人。有一天，我問他有幾個孫子。他開心地說：「數都數不清了。反正他們一群來一群去的，我也搞不清哪個是哪個了。因爲有的是朋友的小孩，也有鄰居的孩子。他們都愛來找我玩，陪我做工。本來做工就是遊戲嘛。」我問他：「您整天不休息，不感到累嗎？」他有點生氣似地，大聲問我：「妳以爲我很老了是不是？其實不工作才累呢！」他把我從頭看到腳，一定看不順眼我那副勾腰縮脖子，站在門外風地裡只一會兒就凍得受不了的樣兒，我倒有點不好意思起來，他卻高高興興地指著地上新鋪的草坪和新栽的矮樹叢說：「看，都是我們種的，現在還禿禿的不好看，過了冬天，就是春天，這一帶就漂亮極了。」

從他閃爍的眼神裡，我好像已看到春天即將來臨了。

托托托，他發動引擎開著運料車走了。鮮紅格子呢夾克，在陽光中映著他的童顏鶴髮，越發顯得健康了。

一望無「牙」

「老婆婆打哈欠」，請猜一句成語。謎底是「一望無涯（牙）」。猜對了，你一定會哈哈大笑。但上了年紀的人，笑完以後，也許不免浮起一絲絲悲哀。就是韓昌黎先生那分「視茫茫、髮蒼蒼、齒牙動搖」的悲哀。

韓文公行年未四十，就有這樣衰老的現象。想來是古人實在太用功，焚膏繼晷之外，還有〈囊螢映雪〉、〈鑿壁穿光〉等的感人故事。如此折騰，眼力當然比今日的小學生惡補還要受損害。

尤其是古代醫學不發達，沒有技術高明的眼科、牙科醫師。齒危髮落，只好任由它去。在古人詩詞文章中，好像就沒有提到「眼鏡」、「牙刷」之類的字眼。《紅樓夢》裡描寫賈府的豪華生活，也沒談起刷牙這回事。賈老太太飯後，只不過由丫鬟捧著銀杯伺候她老人家漱漱口而已。當然賈老太太想已是「一望無涯（牙）

了」。

今日牙科醫術如此發達，但牙齒的病例卻似乎越來越多。未到知命之年就「沒齒難忘」的人，也不在少數。我想這與飲食的複雜有關。還有個原因就是忙。牙齒的病來得慢而不顯著，很難「防微杜漸」，也很少能接受醫師勸告，按時檢查、定時洗牙的。即使有點蛀孔，偶然疼痛，服用點止痛藥就忙著更重要的工作去了。非要痛得要命時才求救於醫師，往往也是非拔不可的時候了。

我現在嘴裡是四分之一的假牙。但眞眞假假，骨肉不相連。咀嚼起東西來，總有「隔靴」之感。我又老是擔憂，只怕支架假牙的那幾顆眞牙，負擔過重，會提早動搖。大夫總是勸我：注意牙齒衛生，刷牙姿勢要正確（要上下刷，不要左右刷），使力要平均，不可過重，每顆牙都要刷到。三餐飯後都刷牙，距離餐後時間不要超過三分鐘，每次刷牙起碼刷三分鐘，這叫做「刷牙三三制」。你說能幾人有此耐心？以我的粗心大意，想來距離「一望無涯」之日不遠矣。但時間過得如此之快速，總像有點不甘心。記得七八歲換牙時，搖搖欲墜的大板牙，用舌尖使力一舔就掉下來了。然後雙腳並排兒站好，上牙就扔在床下，下牙就扔上瓦背，據說牙就會長得整齊。那情景依稀就在眼前，怎麼一轉眼又到掉牙的時候了？只是這回掉牙，再也用不著雙腳並排兒站好，然後把老牙扔進床下或扔上瓦背了。

說起牙科大夫，也各有性格不同。有的大夫有「拔牙熱」，見不得病牙，用小鄉錘敲幾下就喊「拔掉拔掉」。就好像有的骨科大夫，一聽說你哪兒疼痛就叫「開刀開刀」。有的大夫卻苦口婆心地勸你盡可能保留住，真牙究竟比假牙好。我就醫的牙科大夫，就屬於後者。他儘管被人稱爲「拔牙聖手」，但並不主動勸人拔牙。偏偏吾友海音，卻是位有「拔牙癮」的人，她硬是要求大夫左一顆右一顆地拔，拔到後來，上下八顆門牙一起拔，「門前清」以後，馬上裝上一口整齊雪白的假牙，「雖然是『清一色』的『全求人』，但是痛快嘛。」她說。我真敬佩她的決心與勇氣。我呢？哪怕只剩一顆牙，只要它還牢固，我就絕對愛惜它，反正一顆牙嘛，洗刷起來也不費事。只是吃大蠶豆時要小心，別讓豆殼兒套上那顆金雞獨立的老牙上。其實到那時候，我爲得不裝上一口的假牙，做一個「美齒婆婆」呢？

如今旅居國外，對牙齒倒是加意保護起來。因爲在這裡想治牙可不簡單，不僅費用驚人，與大夫約定時間也不容易。你牙疼時想看大夫，並不是可以一個計程車就到他診所的。美國牙科分工極細，拔牙、抽神經、補牙、鑲牙都不屬同一大夫。你得慢慢兒個別約時間，慢慢兒地等吧。不像台灣牙科醫師，五項全能地一貫作業。費用比起美國來，眞是公道得多了。因此許多旅居國外多年的，都寧願花機票錢回國治牙，又可探親、旅遊，一舉數得。

我目前當然還沒有專程回國治牙的必要，但想起在台北時，只要感到牙齒有一丁點不舒服，就可掛個電話請教大夫。在這裡行嗎？因此，單就牙齒來說，我在此心理上就沒有安全感。臨行時，大夫曾囑咐少吃冰的、甜的，以免刺激牙會疼痛。可是我最貪吃的美國冰淇淋，豈不又冰又甜！我每回吃時都戰戰兢兢，從舌頭正中央滑下去，盡量不碰到兩邊牙齒。而且吃後一定馬上刷牙漱口。可是左右牙根總時常隱隱作痛，一痛起來就好想回台灣治牙。每回對他嘮叨時，他總是淺笑一下說：

「妳哪裡是牙病，實在是懷鄉病嘛。」

被他這一說，我的牙疼得更厲害了。

——七十二年十一月二十八日於紐澤西州

藥不離身

我是個「藥不離身」的人。倒不是「爲了要吃藥而吃藥」，而是有個藥包隨身帶著，心理上有一分安全感。

自幼是從藥罐子裡長大的，外公與母親的鄉下偏方，是我的萬應靈丹。念大學時，隻身負笈上海，簡單的幾種藥名，我總牢牢記著，一有感冒、咳嗽、頭痛、四肢痠痛之類的現象，就去中藥鋪買來如法炮製，服下去無不十分靈驗。想來不一定是藥的效能，而是愛的感應吧？如今不免八病九痛的，凡出遠門，提包裡總帶著幾味中藥，如茯苓、陳皮、豆蔻、沙仁、甘草、麥冬之類，既易泡易沖，藥性亦溫和不傷脾胃。就是不服，把包兒取出來聞聞都是香的，這是指中藥。至於西藥呢？少不了是止痛、消炎、助消化之類的。我最爲欣賞的是維他命Ｃ口含片。坐在舒適的旅行車上，一片在口，生津解渴，齒頰留芳，比在路邊攤買的甘蔗汁、檸檬水衛生得多了。有時參加座談，洗耳恭聽冗長的「精采演說」，不免上眼皮搭拉下來，支撐不住，豈不失禮？此時取出維他命Ｃ口含片來，前後左右的朋友，人各一片，大有提神醒腦之功。所以在此奉告親愛的讀者們，任何藥都可離身，唯有維他命Ｃ口含片，總得裝個不漏氣的扁盒子隨身帶著，眞乃居家旅行之良伴也。至於廠牌，必須買好的，千萬別貪便宜，買來像化妝品或口香糖那種怪味道的，那才令人作嘔呢！

記得在抗戰期間，我從上海回到故鄉，少不得帶了各種的成藥。在閉塞的山城，親朋戚友有什麼小病小痛的，我就打開藥囊，那眞是消炎、止痛、退燒、止咳、止瀉、安眠、助消化等藥片藥粉，一應俱全。我就酌量用白紙包了給他們。連白紙都是從上海帶回的，鄉下人稱之爲洋紙，稱他們自己做的爲土紙。對於包藥的雪白硬朗的洋紙，都十分地愛惜。我把紙截得方方正正的，包的藥包有稜有角，不亞於專業護士的手藝。原因是我在中學時，喜歡幫醫務室的護士小姐包藥，可說是受過專業訓練的呢！漸漸地，我竟然成了遐邇聞名的「妙手回春」的「神醫」。可是我的存藥究竟有限，非得留下點給自己用。到後來，藥不夠了，我就給他們包酵乳片、蘇打片之類的，他們吃了照樣也管事，心理治療之故吧？

母親笑著說：「這種水沖石頭（意謂毫無效果）的藥，我是不相信的。」她勸我不可「庸醫誤人」。我那時年紀太輕，只爲享受別人「驚」佩的虛榮，卻沒想到誤了病情，人命關天的嚴重性。想想自己和《古文觀止》所描寫的那個僞醫密藥，又有什麼不同？說實在的，當時來討藥的，並不一定吃，只爲好奇心，能討幾包西藥存著也是好的。這段小事，如今回想起來，不免對自己莞爾而笑。

此次出門之前，朋友們都勸我可得多帶點藥，在外生起病來，求醫可不容易啊！豈止旅行中，定居台北，有病求醫又豈是容易的？一來是掛號、候診、領藥等時間太浪費，若用來寫稿約可寫上兩千字吧？而且兩者的心情迥然不同。二來是大夫神聖不可侵犯的威嚴，實在令人望而生畏。病人之於大夫，有如大旱之望雲霓。左等右等，等到你的號碼，進入診療室，大夫只三言兩語，連問也不許你多問。他說的，不是危言聳聽，就是不著邊際。領來或買來的藥，大部分都丟進了垃圾筒。我想這也是現代人喜歡吃成藥的主要原因之一吧？至於吃補藥呢？還不是爲了想活得健康點，不生病就免得求醫的麻煩了。

想起有一年，我們去墾丁旅行，司機把我們帶到一處場地，見一個衣冠楚楚的賣藝人，自我介紹是從南洋來的。籠中關了一蛇一虎，當場表演龍虎鬥之外，最驚心動魄的是他把舌頭吐出來，讓毒蛇咬得鮮血淋漓，臉色也馬上轉爲死灰，乃立刻傾出藥粉，調水服下，吐出幾口紫黑血水，臉色又馬上轉變回來。他這場賣命的表演，只爲證明他服的毒蛇粉，可以把你從生死邊緣救回來。我看得目瞪口呆。不由自主地打開錢包，花二百元買了一小瓶膠囊藥粉。外子生氣地責備我竟如此地愚夫愚婦，我說：「我是基於同情嘆佩而買。看他表演得汗流浹背，無非想說服我們，他比起名醫的臉相，可愛多了。藥不靈，扔掉也不過損失二百元，我們請大夫開的藥方，買來的藥不一樣扔掉嗎？」外子無言以對。那瓶毒蛇粉，帶回後究竟不敢吃。但有一次，手臂被毒蟲所咬，紅腫疼痛，搔得出血化膿，久久不癒。忽想起此藥，就取出膠囊中粉末，用水調了，敷在患處，只兩次就完全好了。可見得，走江湖耍把戲、賣膏藥的，總還是要有一分「拿人家錢財，要替人家消災」的天良吧！

總之，酌量地準備點藥物隨身帶，倒也沒有什麼壞處。儘管俗語說「藥補不如食補」，但人們總不免相信，經過濃縮的各種維他命丸，吞下一粒，一天的營養就夠了。遇到事忙沒時間好好進餐，健康也不致受影響。我就是基於這種心理，變得藥不離身，當然這是大錯特錯的。

國內的電視，成藥廣告固然多，其實美國的電視上，推銷成藥的廣告，一樣不少呢！至少，止痛、止咳、止胃酸、傷風感冒等成藥廣告，隨時可見。而且帶做帶比的，較國內廣告，尤為有聲有色，多采多姿。這些成藥，在藥房及超級市場，隨處可以買到，並不必醫生處方。尤其是各類維他命丸，眞是滿坑滿谷，任君選購。

現在注意養生之道的人，最最講求的是自然食物。因此各類藥品，也要標榜「自然」二字。你只要拿起補藥的藥瓶一看，上面準注明「取自自然植物」等字樣，這幾個字給你一分保證、一分安全感。吃下去就算不能卻病延年，相信也絕不會有不良副作用，你說藥廠怎能不發財？

有位朋友告訴我，她什麼藥都不吃，只有最普通的One-a-day多種維他命丸，絕不可少。我看她年紀輕輕的，脣紅齒白，即使不服這種藥，也一樣健康。但我還是聽了她的話，買來One-a-day，也就一天一粒地吃起來了。

更有最普遍的維他命E，好像誰都少不了似地。我台北寓所附近一間西藥房的老闆，倒是總勸我盡量少服安眠止痛等藥，卻極力主張每日服一粒維他命E。他是藥劑師，好像很有學問的樣子。他曾用筆畫了一張烏龜殼似地圖，給我解釋維他命E不是荷爾蒙之類的亢奮劑，而是分解食物中的營養，使人體易於吸收。他說得似乎很有道理，我眞是比大夫還相信他。因為他態度和藹，而且並不推銷他自己店裡的補藥，勸我託人去美國買，既便宜又可靠。如今既來了美國，當然不願錯過機會囉。可是舉目看去，各處超級市場的維他命E，琳瑯滿目，各種不同的單位、不同的廠牌、不同的價錢，莫衷一是。反正都是維他命E，即使膠囊裡灌的是棉花油、沙拉油，吃下去也是補的，心理作用嘛。這才是「風吹雞蛋殼，財去人安樂」。花錢買成藥吃，總比排隊掛號請教名醫省事得多吧！

我先生在來美之前，去做了渾身健康檢查。據報告顯示，他的心臟有點弱。叫他再請教醫生，他掛號看醫生買了藥，服下去，頭一天是昏昏思睡，連辦公都沒精神，第二天竟是頭暈眼花，四肢乏力，連班都不能上了。這是什麼藥嘛。我勸他馬上停止服藥，急忙燉了西洋參麥冬給他喝。他一氣，把藥統統扔進垃圾箱！果然藥「倒」病除，第三天就恢復正常了。

可是臨行前夕，我還是準備了一大包的中西藥，以備不時之需。因爲我究竟是個「藥不離身」之人。而且生性頑固又愚昧，有時還是覺得「成藥遠勝良醫」。即使不能勝良醫，至少可以勝庸醫吧！當然，這種觀念，又是大錯特錯的。隨筆寫來，只爲博讀者諸君之一粲耳。

——七十二年十一月八日

「有韻」與「無韻」

讀《中華副刊》亦耕的〈現代人的不「韻」症〉，說到現在的年輕人，喜歡於郊遊時帶「隨身聽」，將鳥語松聲隔絕於雙耳之外。有的還在綠蔭下擺麻將桌，在芳草上賭撲克牌，更是煮鶴焚琴之輩。亦耕是個用功的讀書人，看不來這種現象，我倒覺得他無妨幽默一點，欣賞他們這種自得其樂的作風。因爲他們至少在打麻將、玩撲克時，還捨不得放過大自然景色，就等於小學生開了收音機做數學題，可能有提神醒腦之功，總比擠在煙霧瀰漫的斗室中，呼么喝六，衛生多了。

我倒是想起先父當年，公餘之暇，也愛打個小牌。他就是喜歡把牌桌擺在樹蔭下、草坪上，或是小池邊，涼風習習中，邊談邊玩，那副「小大由之，和爲貴」的舒坦神情，看來實在是一分享受。那時我們房子庭院很大，一到晚上，在大樹枝上掛起百支光電燈，大人們笑語琅琅，牌聲索索；桌子的兩對角，一定擺有最好的巧克力糖和名貴水果，我們小孩子就在邊上繞來繞去，可以取之不盡，吃之不竭，那種熱鬧勁兒就跟過新年一般。

我也曾頑皮地問父親：「桃紅柳綠，鳥語花香是要全心去欣賞的，怎麼只顧打麻將呢？」父親就隨口念一副對子給我聽：「松下圍棋，松子每隨棋子落。柳邊垂釣，柳絲常如釣絲懸。」他解說下棋垂釣，選擇在松下柳邊，就成了雅人韻事。但如果下棋求勝心切，釣魚只盼魚兒上鈎，那麼大好的蒼松和翠柳對他又有什麼相干？所以一切遊戲娛樂，總要盡量袪除得失之心，才不辜負松柳清溪。

現在想想，父親說這話無非爲自己在樹蔭下擺牌桌解嘲吧。他的話其實也有道理，那時代娛樂方式很少，又不興什麼郊遊，打牌可能是唯一消遣了。我想如果古代也有打牌這玩意兒的話，好客的歐陽修，一定會約蘇氏父子來個八圈衛生麻將以消永晝。那我們這些後人，就要少讀他們許多好詩文了。

蘇東坡說得好，「何處無月，何處無松柏，但少閒人如我兩人耳（指其友張懷民）」。一個眞正懂得閒的人，才能擁有一切，才能有「韻」。對於一般人，也就不必苛求了。

記得五年前旅居紐約時，一位住在康乃迪克的友人，約我們去看楓葉。我們路遠迢迢地開車而去，到達後卻看他們客廳裡擺了兩桌麻將，黑壓壓的八個人，正在埋頭苦戰，對窗外如火的紅葉，視若無睹。我驚奇地問：「你們不是邀我們來看楓葉的嗎？」主人說：「楓葉年年紅，我們已司空見慣。對你們來說，卻是難得一見，才特地請你們來欣賞，我們還是玩我們的牌，各得其所。」

我很感謝友人於竹戰方酣中，還能想到爲朋友安排一個欣賞楓葉的周末，他也算得是個「有韻」之人了。

亦耕還提到張心齋說的「物之不可入畫者豬也」一段話。《幽夢影》是大家都喜歡的一本書，確實是妙語如珠，林語堂的《生活的藝術》一書中引得最多。但有時他也透有一股子酸腐氣。就說豬吧，怎麼不可入畫呢？豬的憨態多麼可愛！今年是豬年，看過多少畫家畫豬，攝影家攝豬的照片，看得人只想擁抱牠。這就是藝術家的靈心，看出豬的特色來。張潮大概是先入爲主，只想到豬的髒、豬的醜，因而忽略了牠可以入畫的一面吧？

正如亦耕說的，「江山風月本無常主，得閒者便是主人」，天地間萬物本無美醜，得妙趣者便能欣賞。那樣的人，就算得是「有韻」之人了。

——七十二年十月二十日

五個孩子的母親

我認識一對姓史密斯的美國老年夫婦。他們健康、快樂，活力非常充沛。史密斯先生原是位中學老師，已經退休好幾年了。他說話緩慢而清楚，卻非常地風趣。他喜歡講故事，又會做很多種遊戲，變很多種戲法。單是撲克牌，他就玩了很多種魔術給我看。我這個笨腦筋，居然也跟他學會了幾樣簡單的戲法。他還教我一個加減乘除的猜謎法，把我這個算術最差的人搞得糊里糊塗的。但是學會以後，卻是屢試屢驗。回來後偶然表演一下，也增加群居生活的不少情趣。為了報答他，我也把小時候從外公那兒學來的幾套土把戲教給他，他大為高興起來，彼此都有相見恨晚之慨。

他說，當老師的，一定要懂得輕鬆之道，要會說笑話，要會耍點小小的魔術，化教室為劇場，上課才快樂。否則，孩子們就會笨得像牛，你自己也會氣得像怒吼的獅子，結果必然是兩敗俱傷。他那套「遊戲人生」的恬然道理，豈止是可以運用在課堂裡呢？

史密斯太太是個心寬體胖的女人，口若懸河，熱心好客。那天她來接我去她家晚餐，要經過一段高速公路。她一邊跟我上天下地地聊著，一邊開著「飛快車」。我有點害怕，她說：「妳放心，車子如同我的肢體一般，操縱時根本不必用腦筋。」我問她有幾個兒女，她把手掌一伸，得意地說：「五個。」我「哇」了一聲，表示驚嘆。她大笑說：「妳不要吃驚。事實上我只有一個兒子，老早已經搬出去單獨住了，我一點也不用掛心他。現在的五個孩子，是我的五條狗。」我又「哇」了一聲。她再度哈哈大笑起來，完全像個天眞的孩子。我是個愛狗的人，當然急急乎想見到她的五個「犬子」。

車子一到她家門口，五條狗一齊飛奔而出，又跳又叫，做出各種歡迎的親暱神態。她一隻隻地擁抱親吻，凱蒂、吉米、瑪麗……喊著各種的名字，然後在提包裡取出甜餅，餵到牠們的嘴裡。看她那分歡樂，有勝於含飴弄孫的祖母。

端出咖啡與點心後，史密斯先生說：「我來奏鋼琴名曲給妳聽。」就在抽屜中取出一個圓筒筒，裡面是一卷白色紙軸，紙軸上是密密麻麻的細方小孔。他說：

「這就是曲子。」我怎麼會懂呢？也不知他是怎麼樣把這卷紙軸裝進鋼琴裡的，只聽得音樂已叮叮咚咚地奏起來。史密斯先生人卻走回來坐在我對面了，我一看鋼琴就像有隱形人在彈奏似地，琴鍵自動地上下跳躍著，看得我目瞪口呆。更有趣的是那五隻狗，音樂一起，就乖乖一字兒排行地端坐下來，全神貫注地歪著頭聽起音樂來了，眞是一家奇妙的神仙家庭呢！

我問史密斯先生這是怎樣一種魔術呢？他說：「這就好比現代的錄音帶。軸上的小孔就是音符。軸轉動時，不同的小孔，帶動不同的琴鍵，叩在琴弦上，發出聲音，就是一支曲子。」這是非常古老的一種錄音方式。但我覺得比起現代技法，尤爲神奇生動。這使我想起第一次應邀訪美時，在一個熱心款待我的美國家庭中，他們取出一架老古董的留聲機，放音樂給我聽。唱盤上全是如齒的細針排列著，盤一轉，細針帶動彈簧發出音樂。他們告訴我那是老祖母留下的傳家寶。可見人類越是面對方便進步的現代文明，越是懷念舊日，寶愛老古董。

一曲完畢以後，史密斯太太興高采烈地捧出一大疊相本說：「再讓妳欣賞另一種古董吧。」那厚厚的相片本，都是他們年輕時代的照片，和孩子幼年以及逐漸長大中的照片。她指著每一張，都像有說不完的故事。她丈夫在一旁幽默地說：「妳簡單點講吧，妳的故事太長，嚇得我們的客人沒有勇氣再來了。」

對著眼前的胖太太，我再不能相信她少女時代會是那麼一位窈窕淑女。可見美國中年婦女，要控制體重，保持身材，是得付出很大努力的。在他們的新婚照片中，新郎也是英俊挺拔，與眼前這位白髮皤然的老人相比，眞令人有夢境恍惚之感呢。

可是看他們對逝去的青春，這般地欣賞，對老來的相依相守，如此地歡慰。使我深深領悟，夫妻情愛彌堅，眞是人間無上幸福，其他的都無足計較了。

史密斯太太指著一張張不同的少女照片說：「妳看，她們都是我兒子的女朋友，幾乎一年或幾個月就換一個新的，他們同居一陣子，不高興就分手了。」

「妳爲他的婚姻心焦嗎？」我忍不住問。

「我才不呢。」她灑脫地說：「倒是每個女孩子我都很喜歡。我覺得他的運氣眞好，好女孩子都被他碰上了。」

「我當年運氣就不大好，碰上了妳卻沒勇氣再換。」她丈夫插嘴道。

「如果你也像你兒子那樣，我當年倒是眞要考慮是不是嫁給你呢。」太太對丈夫，眞是越看越滿意的樣子。

我們在談天時，五隻狗一直圍繞在身邊，女主人拍拍其中傻呼呼的一隻說：「有一天，牠忽然不見了，我眞是好急。到處貼條子請仁人君子見到了千萬送還我，我也登了『尋狗啓事』。兒子譏笑我愛狗遠勝過愛他呢。」她一口飲盡咖啡，又繼續說：「有一次，我盡心盡意地做了他最愛吃的甜餅，老遠開車去看他。他一面啃甜餅，一面說：『妳怎麼放心把五個寶貝孩子放在家裡，跑來看我呢？』妳瞧他，對狗兒都吃起醋來了。」

「可見得他是多麼重視妳對他的愛。」

她又滿足地仰臉笑起來。

在溫暖柔和的燈光裡，我看出她臉上的神情，確乎是很欣慰的。美國的老年人，只要身體健康，能吃能玩，都會自尋樂趣。對長大後的兒女，根本沒有存承歡膝下的念頭的。台灣現代的中國家庭，有幾個兒女能存有反哺之心呢？即使勉強住在一起，又有幾家不是貌合神離呢？

我看看史密斯太太，這位擁有五個狗孩子的母親，加上一位風趣橫溢的老伴兒丈夫、她實在是非常滿足快樂的。至於兒子是否娶親，將來的兒媳是怎樣一個女孩，她是絕不會像中國老母親那麼牽腸掛肚的。

「媽咪，我愛妳」

當你看到一個四、五歲的幼兒，雙手環繞著母親的頸項，親吻著她的額角，愛嬌地說：「媽咪，我愛妳。」你心頭溢漾起的，一定是和那位母親同樣的歡慰吧。

我旅居紐約時，有兩次這樣的情景，卻給我兩種完全不同的感受，都使我難以忘懷：

有一天，我做了拿手的紅豆棗泥糕，端一盤熱騰騰的，送給一家中國鄰居太太分享，她高興地接過去，聞香隊的小女兒奔來了。母親蹲下去，把糕湊在她鼻子尖上聞一下，女兒馬上機靈地抱住母親的脖子，用英語說：「媽咪，我愛妳。」母親問她：「寶貝，妳是哪一國人？」她回答：「我是中國人。」母親說：「中國人要說中國話。」女兒立刻又用國語說：「媽媽，我愛妳。」母親吻了她臉頰一下，才把一塊棗泥糕遞給她吃。對她說：「這是我們中國朋友做的中國點心喲。」

我很感動地說：「妳眞不錯，一直提醒孩子說中國話。」她說：「我就是堅持這一點，要她在家裡一定得說中國話。我也絕不跟她說英語。否則的話，她長大後進了學校，全說英語，自己的中國話就忘光了。」

雖然只是一句簡單的中國話「媽媽，我愛妳」，可是這位中國母親的生活教育方式，卻令我很欽佩。

另有一回，我在門前草坪上做晨操。看見一位美國母親陪她的小孩在等校車。旁邊站著一個黑人小孩，孤零零地，沒有母親護送。黑白兩個孩子對望著，沒有說話。不一回，車子來了，白人孩子臨上車時，回頭對母親連聲說：「媽咪，再見，媽咪，我愛妳。」冷不防後面的黑人小孩，竟狠狠地在他背上捶了一拳頭。因爲他比較小，嚇得不敢回手。他母親也只狠狠瞪了小黑仔一眼，沒有作聲，就眼看車子開走了。

我呆呆地看著，忍不住問她：「那個黑人小孩爲什麼要打妳的孩子？」

她無奈地淺笑一下說：「他們並沒有什麼事不開心，只是因爲忌妒。」

「忌妒？」我不大懂。

「我的兒子對我說媽咪再見，他卻沒有媽媽送。」

「他有媽媽嗎？」

「他媽媽不會送他的，孩子一大群，哪有時間管他？」

「他打了妳兒子，到學校可以告訴老師嗎？」

「告訴老師也阻止不了這種事件發生，至多罰他第二天不許搭校車。有時，連這樣的懲罰也不能執行，反正問題很多就是了。」她微喟了一聲，不願再講下去，我也不便多問了。

我卻老是想起那個小黑人，孤零零地，一臉被冷落的悲苦神情。他不也滿心想抱著自己母親喊一聲，「媽咪，我愛妳」嗎？

佛老心

——記在美國醫院施行胃部手術經過

「佛老心」三個字在我心中盤旋了好幾年，一直想寫點感想，卻總覺得只是個人的一大病經過，沒多大意思。日子一久，寫的念頭更是淡去了。

近半年來，在《中華副刊》讀了許多篇談「治病」的好文章，不由得又引起追述舊事的興致來，就算它是外一章吧。不過請讀者諸君千萬別誤會，還以為我居然能從病中悟出什麼大道理來。「佛老心」只不過是我動胃病手術時醫院的名稱而已（Flushing Hospital），我這樣的音譯，覺得也還恰當。

民國六十六年六月六日，這麼一個「六六大順」的巧日子，我啓程赴美去會調職紐約的外子。由於動身前後的勞累，加以初到時的不安定，胃部就時感不適。但我一直都抱著「帶病延年」的心理度日。尤其是在異鄉異國，孤寂的客心，更可以藉病爲由，早作歸計。所以一直不想去看醫生。沒想到就在整整一個月後的七月七日（又是個巧日子），下午五時半，我昏倒在一間賣酒的小店裡。時間絕對沒記錯，因爲在天旋地轉之際，我還看了一下手錶，知道此時外子還沒回來，我即使掙扎著回到家中，也不能與他見最後一面了。

我居然還能想到，一個女人倒在路邊很不雅觀，乃急急推開就近一間酒店的門，只說了句：「對不起，我很不舒服，可以讓我休息一下嗎？」就不省人事了。醒來時，發現自己坐在血泊中，是一口口吐出來的瘀血。兩個年輕美麗的女孩子，一邊一個扶著我的背。一個中年男子（後來知道是店主，兩女孩是他女兒），他捧一個硬紙袋，讓我的瘀血繼續吐在袋子裡。我當時很清醒，經過一陣大吐，心頭反而舒暢了。對於店主人一家的熱心照顧，眞是既感激又抱歉，我連聲說對不起，女孩子說：「妳寬心，我們已經打電話叫救護車了。」一聽說救護車，我又緊張起來。想到身上沒有任何證件，而且不名一文，如於送醫途中或急救中死去，連個領屍的人都找不到，我豈不成了異域孤魂。於是我幽幽地說：「請代我僱輛計程車，我要回家。」老闆說：「妳的病太嚴重，應當送醫院後，再通知妳家人。」但是我擔心的是時間來不及了。我寧願回家去等丈夫，死在家中。其實，我那時一點也不怕死。死的感覺不過與剛才昏過去時一樣。我只是迫切地想在死前見丈夫一面。因爲我很後悔早晨在他上班前，和他吵了一架。他那副臉相，完全失去了平時的彬彬君子之風，我的大聲吼叫，也完全像個三家村的無知婦女。如果我就此死了，在他心中，無論是留下最最惡劣的印象，或是抱憾終身，我都是死不瞑目的。可是那時我已身不由己。救護車已經來到，兩位抬擔架的，還有一位警察，一位護士，很快地便把我搬上車子。那位店主，還對我說了聲：「太太，妳的食品，我女兒已放在冰箱裡，鑰匙也替妳收好了，願上帝保佑妳。」好像我們還後會有期的樣子。

在車子裡一搖晃，我又頭暈起來，但仍堅持著一個念頭，「我要回家」。於是顫聲地央求護士：「小姐，我想回家。」她把著我的脈，搖搖頭說：「這是救護車，只送病人去醫院，妳沒有選擇的餘地。」我說：「我身邊連一文錢都沒有。」她笑了下說：「沒有哪個要妳付錢，救妳的命要緊。」我說：「可是我是外國旅客呀。」她說：「我們只救人的生命，不管他是哪一國人。」她問我電話幾號，我卻完全不記得，因爲到紐約才一個月，只有偶然向外撥，卻沒有從外面打回去，更沒想到要在這種要死不活的關頭，打電話回家。護士說：「地址不錯就好，我們查到了會告訴妳。」

推進醫院的急救室以後，沒有人問我的身分，也沒有人要我繳什麼保證金。醫師與護理人員的行動之快速認眞，使我有了一點信心，我大概不會馬上死去吧。不一會兒，一位老醫生來了，和藹地拍拍我肩膀說：「不要擔憂，我們會救治妳的。我是你的主治大夫，蕭大夫（Dr. Shaw）。」我立刻說：「蕭大夫，我丈夫還不知道我在這裡。」他說：「警察已經設法通知他了，妳放心吧。」

一根長而細的橡皮管和著冰，叫我吞入胃裡抽瘀血，我可以看見黑黑的血水從管子裡流出來。蕭大夫命令關卻冷氣，伸手在背後壁櫥裡抽出一條毛毯，蓋在我身上。在如此狼狽的情形下，我仍能感覺得到，這位老大夫的仁慈與細心，任何病人見了他都會鎭靜下來的。

一位黑人護士走過來，捏著我的手，在我耳邊輕聲地說：「聽說妳不記得自己家的電話號碼，我們已經查出來了，是七七六四八九五。記得住嗎？妳床頭有個分機可以打。」

「七七六四八九五」，我心裡猛念著，一路被推到病房。總得記住這號碼呀，因爲這是與丈夫聯絡的一線希望。念著念著，就想到一個諧音：「妻氣溜、死吧，救吾。」正是我這一天的寫照。後來把這號碼告訴來探望我的朋友們，大家都一下子記住了。

到病房躺定，嘴裡又插入管子抽瘀血，手膀上插著針打點滴輸血，我口不能言，身不能動，眼看自己的生命，就像一線微弱的游絲，在管子裡進進出出，留戀地徘徊在軀體中，任何一條管子停止工作，我就會沉沉地永遠睡去。生命是多麼脆弱，卻又是多麼神奇。

天漸漸暗下來，朦朧中，丈夫已站在床邊。我終於看見他了。他驚魂未定，我卻有隔世之感。他說回到家時看見警察站在門口，等他回來，告訴他我的情形，他馬上趕來了。我好感動，謝謝醫生和警察。感謝他們對任何一個人生命的重視，也欽佩他們辦事的負責。就憑這一點，我應全心把生死託付給醫院，就算不治，也是大限到來，無可逃避。這樣一想，心裡就非常平安了。我還勸外子放心，相信必定可以活著出院的。

做過一切檢查以後，蕭大夫帶著另一位高頭大馬的大夫和兩位助理醫師來了。他笑嘻嘻地喊了我一聲「Young Lady」。一個六十多歲的「年輕女人」，我若不是個半死的病人，或者不懂得像「甜心」、「蜜糖」、「少婦」等討好字眼，原是美國人隨口喊的，還眞會樂得飄飄然呢。他說我不幸的胃由於潰瘍已經百孔千瘡，問我怎麼會把它搞成這個樣的？我也說不出個所以然來。只告訴他胃病已有悠悠四十多年的歷史。他大搖其頭說：「眞了不起，可惜現在是四天也熬不過了。」他介紹我那位高大的醫師是外科大夫，我知道非開刀割除一半以上的胃不可。丈夫簽同意書時手在發抖，這是他第一次作一件不由他自主的重大決定，我卻平靜地閉上眼睛念佛。

被推進手術室時，就先注射了一針鎮靜劑，在騰雲駕霧中，無憂無慮，模糊地，向丈夫看了一眼，也毫無生離死別的感覺，想想人到了生死關頭，大概都會有這種「修養」，憂焦的卻是親人與好友。

從麻醉藥中醒來，值班護士告訴我正是午夜，而且整個紐約在停電，已經停了將近十小時，我也整整睡了十小時。她說我運氣眞好，手術完畢才停電，沒有受到干擾。我迷迷糊糊地醒來，又迷迷糊糊地睡著了。據說這是紐約十年來第一次停電，又被幸運的我，正巧在開刀那天遇上了。

後來才知道，停電十小時當中，紐約發生了多起黑人搶劫的罪行。儘管人間驚險重重，我卻於瞢瞢然昏睡中度過。難怪丈夫譏諷我是趙子龍背上的阿斗，庸人多厚福。

丈夫工作好忙，每天下班後必來看我，要轉幾次車才到達，坐一下又得匆匆回去。因爲在那一帶搭地下車，太晚了不安全，其勞累可知。他說停電那晚，如不是正巧搭友人便車回去，就會被困在地下車廂中，飽受虛驚了。

天氣非常炎熱，室內溫度升高到華氏九十二度以上；我住的病房，一排都是舊建築，沒有冷氣，只有兩把破風扇，有氣無力地搖著。病人們個個揮汗如雨。他爲我送來一把摺扇，我慢慢地搖著，倒也「涼風習習」。同室病人問我怎麼不怕熱，我說是從台灣亞熱帶來的，已經習慣了，何況有一把扇子。正好扇子上畫有一條金色的龍，我就告訴她們，照中國人的想法，龍能夠呼風喚雨哩。

據說這是美國六十年來最熱的夏天，和十年來第一次大停電一樣，都被我這個好運道的異國人碰上了。我慢條斯理地搖著扇子，看看扇翼上的龍，想起台北剛剛爲我寄來的《細雨燈花落》。此書原是在《中華副刊》上寫的〈龍吟集專欄〉。當時取此名稱，是爲紀念恩師在浙江龍泉，與諸詞友唱和的「風雨龍吟樓」，如今身處異邦，臥病醫院，百感叢生中，不禁口占一絕打油：

無風無雨也龍吟　拈出禪機佛老心

一院呻吟多嫗媼　乃知花甲最年輕

溽暑中盼風雨不至，卻是心靜自然涼。醫院內大部分是年老病人，我一個「小巧」的東方人，在他們眼裡看來倒是很年輕的，何況蕭大夫也喊我「年輕婦人」，我又何妨自我陶醉一番呢？

爲我動手術的大夫來看過我三次，他是猶太人，姓什麼已不記得了（猶太姓名本來難記）。他帶著一大串實習醫師，在我的創口上指指點點，連聲對我說Beautiful。他誇的是我的「刀疤」，而不是「我」。因爲他很得意於他大手術的成功，拿它作個示範。他一副殺氣騰騰的樣子，不及蕭大夫慈眉善目，愛說笑話。他走後，一個印度籍的小大夫悄悄對我說：「我們都喊他屠夫，他喜歡宰割病人。」我嚇了一跳，他連忙又說：「妳不要怕，被他宰割的病人運氣都很好。妳運氣也很好呀。」他還吩咐我，出院以後，還得到他私人診所去做兩次檢查，是免費的。是他動的手術，他負責到底。我這才知道，他是從外面請來專爲我開刀的大夫，蕭大夫是內科。由他們會診決定，我居然還像個要人呢。

住院期間，我深深感到的是全院醫師與護士的負責，與對病人的一視同仁。至少我這個渺小的異國人，沒有被歧視、被忽略的感覺。護士中，那位黑人少女給我印象最深。她名叫艾玲，長得很秀氣，很文靜，動作快速，態度溫柔。幾乎每天早上，都是她來給我們換床單、擦背、抹爽身粉。我已經能行動以後，她仍然笑嘻嘻地扶著我走路。我感激地對她說：「妳眞和氣。」她說：「因爲妳是病人嘛。」她胸前掛一個銀質十字架，在她黝黑的皮膚上閃閃發光，散發著一分愛和美。她替我梳理蓬亂的頭髮，誇我東方人的髮質好。我告訴她已經有許多白髮了。我一邊對著鏡子照，卻發現右邊有一綹白髮，怎麼不見了？難道是一次大開刀，會脫胎換骨嗎？她笑笑說：「可能是輸血的關係吧！」我也笑了。卻忽然想到，會不會是輸的黑人的血呢？可是我不好意思對這位美麗的黑人護士說出這話來。只告訴她：「我們中國人有句成語，叫做返老還童。也許是一場大病，反會使人變年輕吧？」她沉靜地說：「可不是嗎？只要知道生命可貴，許多不愉快的事，就不會老記在心上了。」

艾玲眞是個可人兒，我問她的家庭情形。她說父親也是醫生，在自己社區醫院服務，母親是個健康快樂的婦人，兩個哥哥、一個姊姊都已各自成家，她是么女，還沒結婚。我只想問她，「妳會不會嫁給白人呢？」因爲美國的黑白問題，老在我腦中轉著，但我不能那麼問她呀！想想她這樣一位高水準的淑女，黑皮膚又有什麼關係呢？我再次看看她健康胸脯上閃閃發光的銀質十字架，默祝她將來的婚姻幸福。

在病中，格外領略到友情的可貴。在美國，每個人都忙得團團轉。百忙中，還會時常想到躺在病床上的朋友，這分情誼是讓你永誌難忘的。夏志清太太王洞把她有病的女兒託付給別人，特地跑來看我，陪了我整整一個下午。還給我帶來各種我愛喝的飲料。外子同事的太太們，總是輪流地來探望我。在紐約可不像台北，如果自己不開車，轉幾次地下車，就得耗去你整個半天。有一位俞太太，不但路遠迢迢地來看我，還燉了雞湯給我進補。在我出院時，她一雙強有力的手臂，扶著我跨進屋子。誰能想到，我的身體漸漸復元了，她卻突然病倒。竟然是一種罕見的不治之症狼瘡，不到幾個月就去世了。當我呆呆地站在她病榻邊，看她渾身插著各種管子，命似游絲地虛弱。再高明的醫生，也是回天乏術。想想自己，曾經她多次在百忙中來探望的人，卻活過來了。而她，一個生龍活虎般健康又熱心的人，卻就此死了。我感到好無奈、好沉痛啊！

我在醫院住了十一天，辦完出院手續，爲我推輪椅送我上車的女工對我說再見時，我給了她兩元小費。這是我在醫院裡唯一付的「款項」。一聽說所有的費用，都由外子服務機關所投保險負擔時，眞覺得這場病好划得來。

可是過了一個多星期，動手術的醫師那兒忽然寄來一張通知單，要我付他一千八百元的手術費，我覺得很奇怪。正好要去他診所作第一次檢查，我當面問他，何以這筆費用，不包含在保險中；他說他不是佛老心醫院的大夫，而是被請去爲我開刀的，所以這筆手術費要單獨向我要。我楞住了。按說呢，新台幣八萬元左右，撿回一條命，原是天公地道。在台灣住私人醫院，請名醫動手術，費用尚不止此數呢！可是原以爲一個子兒都不必花的，如今忽然又要付一大筆，總有點不上算的感覺。即使要付，也得弄個明白，可不能糊里糊塗被猶太人敲竹槓呀！

於是我去請教一位當醫生的中國朋友，她認爲我不應當付這筆錢。理由是當初的主治大夫既然認爲我的胃非割除不可，而且要在外面請別的大夫，應當事先告知病人及家屬，徵得同意，這筆錢才能由病人自己負擔。如直接由院方決定，病人可以拒絕付款。我一聽，心裡覺得很不過意。對美國人，固然可以照規章一個釘子一個眼的交涉。但這種「掉下水裡要命，爬上岸來要錢」的作風，總有點傷我們中國人的尊嚴。想了想，還是用情商的方式，先寫了封信給大夫，說明自己是臨時作客，又不能在美工作賺錢，一下子沒有那麼多錢。可否同意我分期付款或打個折扣。他沒有回音。我再去門診作檢查時，手提袋裡帶了個小小「紅包」——是相當可愛的一粒小小台灣綠玉白菜。打算跟他攀個交情，這大概是台灣病人對醫生表示敬意的作風吧？好在東西很微小，無傷大雅。

檢查完了，他總是誇我的「刀疤美麗」，當然也是自誇手術高明。最後他問我：「妳怎麼一直不付錢呢？」我說：「你大概已收到我的信了吧。」他說：「妳很特別，我的病人從來沒有一個作此要求的。」我說：「眞抱歉，因爲我事先並不知你的手術費不包含在保險內，所以一時沒有準備。」邊說邊取出那粒綠玉白菜給他，驢頭不對馬嘴地說：「這是我從美麗的台灣帶來的美麗綠玉，送給你的太太。」他竟然大大高興起來，告訴我去過台灣，參觀過故宮，買了好幾幅畫，並指著牆上一幅米南宮的山水，問我畫得如何？我對畫原是一竅不通，就給他講了個米南宮臨摹借來的名畫，冒充眞蹟還給畫主，卻沒有發現原畫上的牛眼睛瞳仁裡有個牧童的影子，他沒有畫進去，因此被畫主認出來了。聽得他哈哈大笑。然後言歸正傳地問我：「現在妳說，究竟能付多少？」我不好意思說五百元，只好問他：「就付零頭數八百元可以嗎？」他馬上說：「好，我們交個朋友，明天妳就把支票寄來。」

一個米南宮的故事，就賣得美金一千元，誰說猶太人算盤最精？他們也有慷慨的時候呢！這一下，我錢也省了，命也活了，朋友也交了。慚愧的是，到現在仍然想不起他的姓氏來。

活過來以後，要感謝的還有酒店老闆父女三人。等到能行動自如了，就找出幾樣台灣禮物，去謝他們。女孩子笑嘻嘻地把收在冰箱裡已經一個月的白塔油與餅乾取出來，和一串鑰匙一起還給我。我感動得說不出話來，只說：「歡迎你們來中華民國台灣旅遊。」她們都笑著搖搖頭，很渺茫的樣子說：「太遠了，要多久才能有這筆錢呢？」看來，想到哪兒就到哪兒旅遊的，要算自由地區豐衣足食的台灣老百姓了。

我很懷念仁慈的蕭大夫，慷慨的猶太醫師，和友善的酒店老闆一家。但不知雪泥鴻爪的人生，是否能有與他們再見的機會呢？

「佛老心」醫院是我重生之地，但願眞能顧名思義，長久保持一顆「佛老心」，也算沒白病這一場了。

下卷

想念荷花

「夏日正清和，西湖十里好煙波。銀浪裡，弄錦梭。人唱採蓮歌……」父親教我唱這首詩時，並不在荷花盛開的杭州西子湖頭，而是在很少看到荷花的故鄉，浙江永嘉瞿溪鎮。

那時，我還不到十歲。在四五歲時，由大人抱著在西湖遊艇裡剝蓮蓬、啃雪藕的情景，已經十分地模糊。也想像不出，西湖的銀浪煙波究竟有多美？只覺得父親敲著膝頭，高聲朗吟的神情很快樂，音調也很好聽。

父親的生日是農曆六月初六，正是荷花含苞待放的時候。到兩個星期後的六月二十四日，便是荷花生日。母親說荷花盛開，象徵父親身體健康。所以在六月初六那天，她總要託城裡的楊伯伯，千方百計地採購來一束滿是花蕾的荷花，插在瓶中供佛。等待花瓣漸漸開放，散發出淡淡的清香，與香爐裡的檀香味混合在一起，給人一分沉靜安詳的感覺。

花瓣謝落之後，母親就拿來和了薄薄的麵粉與雞蛋，在油裡稍稍一炸，便是一道別致的甜點。父親說吃荷花的是俗客。我卻說，吃了荷花，便成雅士了。

到了杭州這個十里荷花的天堂，才眞正看到那麼多那麼多的新鮮荷花。我們的家，正靠近西子湖邊，步行只需半小時就可到湖濱公園。那條街名叫「花市路」。父親爲此作了一首得意的詩，其中最得意的句子是：「門臨花市占春早，居近湖濱歸釣遲。」其實父親很少釣魚。他帶我去湖濱散步，冬天爲賞雪，夏天爲賞荷。賞雪的時候少，因爲天氣太冷了，賞荷卻是夏天傍晚常常去的。

「家裡太熱，到湖濱乘涼去。」父親總是這麼說。其實湖濱並不比家裡涼爽，因爲公園裡遊人摩肩擦背，反而泛著一股熱騰騰的氣息。我總是要求：「爸爸，我們坐船吧，你不是唱銀浪裡，弄錦梭嗎？」父親每回都微笑答應了。可是坐在船上也不覺得涼爽，因爲湖水晒了整整一天大太陽，到了夜晚，把熱氣放散出來，撲面而來的是陣陣熱風。詞人說「湖水湖風涼不管」的「涼」字，實在是騙人的話。但無論如何，蕩著船兒，聽槳聲欸乃，看淡月疏星，聞荷花陣陣清香，畢竟是人間天上的享受。

六月二十四既然是荷花生日，杭州人的遊湖賞花就從六月十八開始，到二十四這一天是最高潮，整個裡外湖都放起荷花燈來。大小畫舫，來往穿梭，談笑聲中，絲竹滿耳。這種遊湖，杭州人稱之為「落夜湖」，歡樂可通宵達旦。

我不是個懂得賞花的雅人，也體會不到周濂溪愛蓮的那分高潔情操。我喜歡「落夜湖」，只是為了趕熱鬧。父親卻不愛這種熱鬧。母親呢？只要是住在杭州的日子，倒是每年都去「落夜湖」一番。她不是趕熱鬧，而是替父親放荷花燈。放一百盞荷花燈，祈求上天保佑父親長命百歲。所以她坐在船上，總是手撥念佛珠，嘴裡低低地念著《心經》。因為外公說過的，父親和荷花同生日，照佛家說法，是有一段善緣的。

記得有一天，父親忽然問我：「『新著荷衣人未識，年年湖海客』是什麼意思，妳懂嗎？」我說：「是退隱的意思吧。」父親笑笑說：「就是我現在的心境，擺脫了官職，一身輕快。」但我覺得他臉上似有一絲驀然回首的落寞神情。難道父親仍有用世之心，只是嘆知遇難求嗎？

抗戰軍興，我們舉家避寇回到故鄉。父親竟因肺病不治，於翌年溘然逝世。那不幸的一天，正是他的生日六月初六。如此悲痛的巧合，使我們對一向喜愛的荷花，也無心欣賞了。

在兵荒馬亂中，我又鼓起勇氣，到上海完成大學學業。中文系主任夏老師非常喜愛荷花。有一天，和系裡幾位同學在街上購物，遇上滂沱大雨，我們就在一間茶樓品茗談天。俯視馬路積水盈尺，老師就作了一首律詩描繪當時情景。最後兩句是：「一笑橫流容並涉，安知明日我非魚？」小序中說：「市樓坐雨，與諸生劇談抵暮。歸途流潦沒膝，念西湖此時，正萬葉跳珠也。」他想像西湖此時，一定也是大雨滴落在荷葉上，形成千萬水珠跳躍的壯觀吧？

那時杭州陷於日寇，老師慨嘆有家歸不得，因而格外思念杭州的荷花。

勝利後回到杭州，浙江大學暫借西湖羅苑復校。我去拜謁老師，從書齋窗戶向外眺望，遠近一片風荷環繞，愛荷的夏老師心情一定是非常愉悅的。他提筆蘸飽了墨，信手畫了一幅荷花，由師母題下姜白石的名句：「冷香飛上詩句」，老師隨即落款送給了我。這幅墨荷幸已隨身帶來台灣，一直懸於壁間。記得那時另一位才華橫溢、善畫梅花的任老師，笑他的荷花畫得不像。老師隨口笑吟道：「事事輸君到畫花，墨團羞見玉槎枒。」

不管是「墨團」也好，是「玉槎枒」也好，那總是吟詩作畫，自由自在的好時光啊！

兩位老師都陷在大陸。不久前海外友人來信告知，個性傲岸的任老師早已逝世，而夏老師亦已年邁體衰，而且身不由己地被調到「北京」從事指定的研究工作。他以垂老之年，一定是更思念有家歸不得的杭州，思念西湖無主的荷花吧？他怎能想得到當年在上海時所作的詩：「安知明日我非魚」，竟而成爲陸沉的讖語呢？

友人還說，曾在一本刊物上看到夏老師憶西湖的詞中，感慨地寫道：「往事如煙，湖水湖船四十年。」

四十年是人生大半歲月，老師已逾八十高齡，他還能再有一個四十年，等待河清後，自由自在地重回杭州，在亭亭風荷中，享受湖水湖船的優遊之樂嗎？

仰望壁上的墨荷，我好想念故鄉的荷花，因爲在荷花瓣上，彷彿顯現出父親和老師的音容笑貌。

附錄

愛的世界

——讀琦君的〈想念荷花〉

沈謙

琦君，這個名字是和散文放在一起的。光是爾雅出版社就印行了她的七本散文集：《三更有夢書當枕》、《桂花雨》、《細雨燈花落》、《千里懷人月在峰》、《琴心》、《煙愁》、《母心似天空》等。此外還有《留予他年說夢痕》、《燈景舊情懷》（洪範）、《與我同車》（九歌）、《紅紗燈》（三民）、《琦君小品》、《讀書與生活》等。最近十年來，琦君的書，本本可讀，本本暢銷，票房價值與藝術價值相得益彰，令人感覺精神振奮。

琦君，是生活在愛的世界裡的，她相信世界上的人都是好人，萬事萬物沒有一件是不好的；透過敏銳的觀察、深刻的體驗，再加上細膩帶著深情的文筆，琦君引領我們進入愛的世界，共享她的美感經驗。亮軒兄說得好：

「一些凡人眼中很無奈的事，從琦君的『情眼』看去，都變得動人了。譬如說，她感激那位藝術人像攝影師沒給她拍出一張比本人漂亮的照片；她對於自己的另一半表面是嗔怨，骨子裡處處都是情。對於孩子，操了無數的心，卻仍然感激人生一世間有這些可以操心的事。她對母親有無盡的孝思，但對使母親受盡委屈的二媽，也寄予了許多同情。一位朋友去了，由她筆下寫來彼此間那些清清淺淺的瑣事，都透出迴腸盪氣的哀痛。再不喜歡小動物的人，一定也會心疼她筆下的小貓小狗，不論牠們的形象看起來多麼狼狽。」〈流不盡的菩薩泉〉

琦君，出生於民國六年，與新文學革命同年。她是中國現代文壇上最傑出的散文大家，她也是文章中最具備中國傳統情韻和風味的作家。當她六十歲的時候，仍然常存著六歲的童心和十六歲的純真，以及二十六歲的活力；直到現在，她仍然活躍在文壇上，人健筆更健！由於琦君，使我們對現代文學充滿了信心，相信好的文學可以成為一種吸引廣大民眾的普遍商品；由於琦君，播下了無數愛的種子，使我們生活得更有情味，更能尋思周遭事物的美好和可愛！

〈想念荷花〉是琦君特地為《幼獅少年》寫的一篇新作，文長二千字，共分十八段。從荷花想起作者的父親、老師，仍然是她作品中最常見，也最擅長的題材——回憶童年和懷舊之情。

先從題目說起。荷，也叫蓮，又名菡萏、芙蕖。夏日池邊，露滴花開，淡紅嫩綠交映，微風吹過，姿態婀娜搖曳，輕盈生香，真是美妙極了。在最懂得生活藝術的中國文人心目中，賞花和愛美是最重要的閒情逸興。透過文士的靈思和想像，花和人同樣地顯示了品格之高下和個性之差異。蓮花，是花中之君子。周敦頤〈愛蓮說〉有言：

> **予獨愛蓮之出淤泥而不染，濯清漣而不妖；中通外直；不蔓不枝，香遠益清，亭亭淨植，可遠觀而不可褻玩焉。**

他以具體的意象——蓮，表達抽象的觀念——君子，由形象化的語言，描繪出蓮的特性，呈現了君子的形象：

（蓮）不染→（君子）不沾染卑汙的習性。

（蓮）不妖→（君子）不裝模作樣逢迎權勢。

（蓮）不蔓→（君子）不依靠攀附別人而生存。

（蓮）不枝→（君子）不拉攏朋黨營求富貴。

（蓮）香遠益清，亭亭淨植，可遠觀而不可褻玩焉→（君子）曖曖內含光，德馨四布，高風亮節，為世人所景仰。

周敦頤的〈愛蓮說〉，由於心理學上的移情作用，將君子之德投射於蓮，又將蓮的種種特性化為君子的形象。物性——蓮、人性——君子，物我交融，相互輝映。在〈愛蓮說〉中，蓮花、君子、周敦頤已經三位一體，渾然不可分了（詳見拙作〈蓮花：君子的象徵〉，原載《中央副刊》，收入尚友出版《案頭山水之勝境》書中）。

在現實生活中，蓮從花葉到莖根，一身都可愛而兼實用：蓮花可供賞玩，蓮子是食物中的仙品，蓮葉可供包紮，藕也可供食用。江南的採蓮曲是非常悅耳的音樂，《古樂府》有〈採蓮曲〉，樂府歌詞〈子夜四時歌〉和〈讀曲歌〉詠蓮之句也屢見不鮮。

〈想念荷花〉就是從幼年父親教唱〈人唱採蓮歌〉開頭的。在周敦頤的筆下，蓮花是君子的象徵。在琦君的筆下，由荷花想起父親、老師，想起童年、杭州。荷花真是何其幸運，蒙周敦頤、琦君的青睞，成為他們筆下的主角。

琦君寫荷花，本文並非唯一的一篇，記得〈西湖憶舊〉（收在《紅紗燈》中）有一段是專寫荷花的：

荷花是如此高尚的一種花，宋朝周濂溪讚它出淤泥而不染。它的每一部分又都可以吃。有如一位隱士有出塵的高格，又有濟世的胸懷，所以吃蓮花也不可認爲是殺風景的俗客。而調冰雪藕，更是文人們暑天的韻事。新剝蓮蓬，清香可口，蓮心可以泡茶，清心養目，蓮梗可以作藥。詩人還想拿藕絲製衣服，有詩云：「自製藕絲衫子薄，爲憐辛苦赦春蠶。」如果眞有藕絲衫，一定比現代的什麼「龍」都柔軟涼爽呢。倒是荷衣確是隱者之服，詞人說：「新著荷衣人未識，年年湖海客。」我想只要能泛小舟徜徉於荷花叢中，也就是遠離煩囂的隱士了。

在本文中，第四段「花瓣謝落之後，母親就拿來和了薄薄的麵粉與雞蛋，在油裡稍稍一炸，便是一道別致的甜點」。

文學的主要來源有二：一是來自生活經驗的，一是來自書本知識的。曾經有人說過，琦君的整個童年，活像一部中國的《愛麗絲夢遊仙境》。在一扇門後面，每一個拐角處，都隱藏了神祕；在每一件生活瑣事中，都流露了深厚的情韻。同時，琦君的舊詩詞，造詣極佳，她不但能經常融化舊詩詞的佳句入現代散文，而且能帶領我們進入那種氣氛和情境中。只要看她如何描寫荷花，即可見一斑。

〈想念荷花〉的主要人物有兩位，一位是琦君的父親，一位是琦君的老師。兩位都和荷花有特殊的淵源，且讓我們來尋味「荷花緣」吧！

本文的前半部是以懷念父親為主的，而都與荷花有關：

㈠前兩段敘她不到十歲的時候，在家鄉浙江永嘉瞿溪鎮，父親教唱〈人唱採蓮歌〉的詩。

㈡第三段敘父親的生日是六月六日，正是荷花含苞待放的時候，不久之後的六月二十四日便是荷花生日。「母親說荷花盛開，象徵父親身體健康。所以在六月初六那天，她總要託城裡的楊伯伯，千方百計地採購來一束滿是花蕾的荷花，插在瓶中供佛。等待花瓣漸漸開放，散發出淡淡的清香，與香爐裡的檀香味混合在一起，給人一分沉靜安詳的感覺。」

㈢五至八段敘在杭州賞荷花的情景。琦君喜歡「落夜湖」，只是為了趕熱鬧，她的母親卻是替父親放荷花燈：「放一百盞荷花燈，祈求上天保佑父親長命百歲。所以她坐在船上，總是手撥念佛珠，嘴裡低低地念著《心經》，因為外公說過的，父親和荷花同生日，照佛家說法，是有一段善緣的。」

關於「落夜湖」，琦君在〈西湖憶舊〉文中有一段「西湖十里好煙波」描述得十分精采，可以參看：

六月二十四日是荷花生日，湖上放起荷花燈，杭州人名之謂「落夜湖」。這一晚，船價大漲，無論誰都樂於被巧笑倩兮的船孃「刨」一次「黃瓜兒」。十八夜的月亮雖已不太圓，卻顯得分外明亮。湖面上朵朵粉紅色的荷花燈，隨著搖蕩的碧波，飄浮在搖蕩的風荷之間，紅綠相間。把小小船兒搖進荷葉叢中，頭頂上綠雲微動，清香的湖風輕柔地吹拂著面頰。耳中聽遠處笙歌，抬眼望天空的淡月疏星。此時，你眞不知自己是在天上還是人間。如果是無月無燈的夜晚，十里寬的湖面，鬱沉沉地，便有一片煙水蒼茫之感。

㈣第九段敘琦君父親退隱之餘的心境，「新著荷衣人未識，年年湖海客」。表面上一身輕快。但是他敏感而細膩的女兒，卻察覺到「臉上似有一絲驀然回首的落莫神情」。

㈤第十段敘琦君的父親病逝在六月初六日，「使我們對一向喜愛的荷花也無心欣賞了」。

琦君的父親與荷花真是有緣，生於荷花含苞待放之六月初六，長住十里荷花的天堂杭州，教女兒唱〈採蓮歌〉，退隱時口吟〈荷花詞〉，象徵自己的心境，逝世之日也是六月初六。這當然是一種巧合，一種善緣。但是最重要的，是他的女兒善於掌握題材，將種種動人的情景，播映到紙上，令人感覺歷歷如繪。

本文前半段雖然是以琦君的父親和荷花為主，但同時也描繪了她的母親。插荷供佛、放荷花燈、坐在船上念《心經》的情景，躍然紙上，栩栩如在眼前。

本文的後半部是以懷念老師為主的，仍然與荷花密切相關：

㈠第十一、十二兩段敘琦君到上海念書，夏承燾老師非常喜愛荷花。「念西湖此時，正萬葉跳珠也」。杭州陷於日寇，有家歸不得，格外思念杭州的荷花。

夏老師對琦君影響極大，也是她筆下常見的人物。在《煙愁》一書的後記〈留予他年說夢痕〉中，有一段極精采的文字：

「留予他年說夢痕，一花一木耐溫存」。這是他的詞。他說人生固然短暫，而生活卻是壯美的，生涯中的一花一木，一喜一悲都當以溫存的心，細細體味。哪怕當時是痛苦與煩惱，而過後思量，將可以化痛苦爲信念，轉煩惱爲菩提。使你有更多的智慧與勇氣，面對現實。

㈡第十三、十四兩段敘夏老師在風荷環繞的書齋裡信手畫了一幅墨荷送給琦君。且順筆憶及另一位才華橫溢、善畫梅花的任老師。

㈢第十五至十七三段敘兩位老師身陷大陸，而輾轉傳來生離死別的音訊。「往事如煙，湖水湖船四十年」。令人感慨：待河清後，重回杭州，在亭亭風荷中，享受湖水湖船的優遊之樂。

就全文的脈絡上而言，以〈採蓮歌〉起，以仰望壁上的墨荷作結。「在荷花瓣上，彷佛顯現出父親和老師的聲音笑貌」。荷花的意象，始終一貫到底。而以荷花詩開始，以墨荷畫止，中間的人物、情景，又與荷花密切相關。有詩、有畫、有實景、有人物，有人世間最真摯、最可貴的倫理之情、師生之誼。短短的一篇兩千字的散文，最樸質自然的文字，卻構成了人世間最精美的一件藝術品。其內蘊的真情，尤足令人衷心感動，尋味不盡。

琦君，是二十世紀最富有中國風味的散文家，也是中華民國文壇上活生生的國寶，細讀〈想念荷花〉，誰曰不然？

母親的金手錶

母親那個時代，沒有「自動錶」、「電子錶」這種新式手錶，就連一隻上發條的手錶，對於一個鄉村婦女來說，都是非常稀有的寶物。尤其母親是那麼儉省的人，好不容易父親從杭州帶回一隻金手錶給她，她眞不知怎麼個寶愛它才好。

那隻圓圓的金手錶，以今天的眼光看起來是非常笨拙的，可是那個時候，它是我們全村最漂亮的手錶。左鄰右舍、親戚朋友到我家來，聽說父親給母親帶回一隻金手錶，都會要看一下開開眼界。母親就會把一雙油膩的手，用稻草灰泡出來的鹼水洗得乾乾淨淨，才上樓去從枕頭下鄭重其事地捧出那隻長長的絲絨盒子，輕輕地放在桌面上，打開來給大家看。然後瞇起（近視眼）來看半天，笑嘻嘻地說：「也不曉得現在是幾點鐘了。」我就說：「您不上發條，早就停了。」母親說：「停了就停了，我哪有時間看手錶？看看太陽晒到哪裡，聽聽雞叫就曉得時辰了。」我眞想說：「媽媽不戴就給我戴。」但我也不敢說，知道母親絕對捨不得的。只有趁母親在廚房裡忙碌的時候，才偷偷地去取出來戴一下，在鏡子裡左照右照一陣又脫下來，小心放好。我也並不管它的長短針指在哪一時哪一刻。跟母親一樣，金手錶對我們來說，不是報時，而是全家緊緊扣在一起的一種保證，一分象徵。我雖幼小，卻完全懂得母親寶愛金手錶的心意。

後來我長大了，要去上海讀書。臨行前夕，母親淚眼婆娑地要把這隻金手錶給我戴上，說讀書趕上課要有一隻好的手錶。我堅持不肯戴，我說：「上海有的是既漂亮又便宜的手錶，我可以省吃儉用買一隻。這隻手錶是父親留給您的最寶貴的紀念品啊！」因爲那時父親已經去世一年了。

我也是流著眼淚婉謝母親這分好意的。到上海後不久，就由同學介紹熟悉的錶店，買了一隻價廉物美的不鏽鋼手錶。每回深夜伏在小桌上寫信給母親時，就會看著手錶寫下時刻。我寫道：「媽媽，現在是深夜一時，您睡得好嗎？枕頭底下的金手錶，您要時常上發條，不然的話，停止擺動太久，它會生鏽的喲。」母親的來信總是叔叔代寫，從不提手錶的事。我知道她只是把它默默地藏在心中，不願意對任何人說的。

大學四年中，我也知道母親身體不太好。她竟然得了不治之症，我一點都不知道，她深怕我讀書分心，叫叔叔瞞著我。我大學畢業留校工作，第一個月薪水就買了一隻手錶，要送給母親，也是金色的。不過比父親送的那隻江西老錶要新式多了。

那時正值對日抗戰，海上封鎖，水路不通，我於天寒地凍的嚴冬，千辛萬苦從旱路趕了半個多月才回到家中，只爲拜見母親，把禮物獻上。沒想到她老人家早已在兩個月前，默默地逝世了。

這分椎心的懺悔，實在是百身莫贖。孔子說：「父母在，不遠遊。」我是不該在兵荒馬亂中，離開衰病的母親遠去上海念書的。她掛念我，卻不願我知道她的病情。慈母之愛，昊天罔極。幾十年來，我只能努力好好做人，但又何能報答親恩於萬一呢？

我含淚整理母親遺物，發現那隻她最寶愛的金手錶，無恙地躺在絲絨盒中，放在床邊抽屜裡。指針停在一個時刻上，但絕不是母親逝世的時間。因爲她平時就不記得給手錶上發條，何況在沉重的病中！

手錶早就停擺了，母親也棄我而去了。有很長一段時間，我不忍心去開發條，撥動指針。因爲那究竟是母親在日，它爲她走過的一段旅程，記下的時刻啊。

沒有了母親以後的那一段日子，我恍恍惚惚地，只讓寶貴光陰悠悠逝去。在每天二十四小時中，竟不曾好好把握一分一刻。有一天，我忽然省悟，徒悲無益，這絕不是母親隱瞞自己病情，讓我專心完成學業的深意，我必須振作起來，穩定步子向前走。

於是我抹去眼淚，取出金手錶，開緊起發條，撥準指針，把它放在耳邊，仔細聽它柔和有韻律的滴答之音。彷彿慈母在對我頻頻叮嚀，心也漸漸平靜下來。

我把從上海爲母親買回的錶和它放在一起，兩隻錶都很準確。不過都不是自動錶，每天都得上發條。有時忘記上它們，就會停擺。

時隔四十多年，隨著時局的紊亂和人事的變遷，兩隻手錶都歷盡滄桑。終於都不幸地離開了我的身邊，不知去向了。

現在我手上戴的是一隻普普通通的不鏽鋼自動錶，式樣簡單，報時還算準確。但願它伴我平平安安地走完以後的一段旅程吧！

去年我的生日，外子卻爲我買來一隻精緻的金錶，是電子錶。他開玩笑說我性子急，脈搏跳得快，錶戴在手上一定也越走越快。而且我記性又不好，一般的自動錶。脫下後忘了戴回去，過一陣子就停了，再戴時又得校正時間。才特地給我買這個電子錶，幾年裡都不必照顧它，也不會停擺，讓我省事點。他的美意，我眞是感謝。

自動錶也好，電子錶也好，我時常懷念的還是那隻失落了的母親的金手錶。

有時想想，時光如眞能隨著不上發條就停擺的金手錶停留住，該有多麼好呢？

母親節禮物

我手上戴著一枚透明紅寶石戒指，工作時，望著它閃閃發光，煞是可愛。整整一年了，它戴在我手上，它是一件母親節的禮物，是去年的母親節，我把它套在自己手指上。因爲，它是我自己爲自己買的，一件母親節禮物。

爲什麼我要爲自己買一件母親節禮物呢？是因爲兒子沒有在身邊，他去了遙遠的國外。三年了，他從不記得（也許根本沒想起來），給他的母親寄一張卡片，更莫說禮物了。

他幼年時，每逢母親節，他都會爬上我懷裡，把幼稚園老師教他做的康乃馨，用小胖手搖搖晃晃地插在我前襟的釦子上；然後親一下我的臉頰。念中學以後，他也在每年的母親節，給我做一張賀卡，歪歪斜斜地寫上「祝親愛的媽媽快樂」。直到有一年，他用了一夜的工夫，用火柴棒搭成「快樂」兩個立體的字，送給我作爲母親節禮物以後，他就再也沒有把母親節放在心上了。難道，這就表示他長大了嗎？小時候，他傻呼呼地說過：「媽媽，妳不要老，等我長大，我們一同老。」初中他住校了。給我的信中，他寫道：「媽媽，我好想家，好想妳，一想到妳，妳就音容宛在。」他又說：「爸爸帶我散步，我們手牽手，腳並腳，我們父子手足情深。」他就是那麼地滿腹經綸，成語用得如此地「恰當」，使我看得又笑又哭。

可是現在，他遠在異國，逢年過節不來信，平時更不來信。朋友們告訴我，曾經多次看到他，很健康快樂的樣子。他們說，沒有消息就是好消息，叫我放心。我自然放心，我有什麼不放心的呢？曾經有人說過：「兒子小時候，是妳的，長大了就不是妳的了。」也有人說過：「孩子小時候踩在妳腳尖上，長大了就踩在妳心尖上，如果妳感到痛，那就是妳太脆弱了。」

我眞的是脆弱嗎？不，我的心尖雖常感到一陣陣的痛，但我並不掉淚。因爲，兒子雖忘卻母親，卻有更多我可愛的小讀者們給我來信。他（她）們有的喊我奶奶、有的喊我阿姨、有的就喊我媽媽。我擁有那麼多的愛，我自然很感動。

憩坐間的玻璃櫥裡，擺滿了各色各樣可愛的小玩意，那都是學生和讀者送我的。每一樣禮物，都伴著一分豐厚的情誼。撫摸著它們，我有著滿心的感謝和歡樂，又何必老記掛著兒子沒有信，沒有寄母親節賀卡或禮物呢？

自然，玻璃櫥裡仍然擺著兒子爲我用火柴棒搭成的「快樂」二字。它雖已歪歪倒倒了，火柴頭的粉紅色，也早已褪得看不清了，可是它究竟是兒子親手爲我做的，我將永遠寶愛它，那就很夠很夠了。

我母親在我少女時代時，就對我說過：「一代管一代，茄子拔掉了種芥菜。妳現在年紀還小，還戀著母親，再長大一點，妳就不在乎了。」母親說這話時是笑嘻嘻的，好像把親子之情看得很透徹。可是我到遠地念大學時，卻無時無刻不想念母親。大學畢業，母親就去世了。我一生抱恨終天，未曾能盡反哺之心，孝順母親。現在我才知道，爲何時常感到心頭酸楚，並不只爲思念兒子，更是因爲悼念母親。

母親！您說的：「一代管一代，茄子拔掉了種芥菜。」並不盡然啊！您逝世四十多年了，我總在思念您，想到您如還健在該有多好？我會如何地逗您快樂，讓您享點晚福。母親！如今的時代不同了。下一代可以不要我，可是我卻無時無刻不在追念您的撫育之恩。

我手指上的戒指，又在燈下閃閃發光。如果母親您在世的話，我一定是把它套在您手指上，喊一聲：「親愛的媽媽，祝您母親節快樂。」

媽媽，讓鴿子回家

我兒子今年二十七歲，嚴格說起來，已是將近「而立」之年了。他是否「而立」，我這個做母親的也擔憂不了這麼多了。只是他現在離家這麼遠，儘管我自己對自己說：「各人頭頂一片天，不要牽腸掛肚啊！」可是，我能嗎？

他小時候，我總是對他說：「孩子，快快長大吧！」他漸漸長大了，我卻又對他說：「孩子，你慢慢長啊！」這種心情，恐怕天下母親，都是一樣的吧？

如今，只要一有空，我就會回想起他幼年時一件件有趣的事，頑皮搗蛋的事。想起來就會有時莞爾而笑，有時淚水盈眶。這種情形，相信天下母親，也都是一樣的吧？

我現在就記起一件事兒來了：有一次，看到報上一段關於賽鴿的報導，說有的鴿子在比賽途中，遇到氣候突變，一時迷失了方向，不能按預期時間飛回來，就會被狠心的居民用槍打下來，充當了菜肴。這種情形，實在是非常悲慘的。相信鴿主心痛的並不是名鴿的金錢價值，而是那一分相依相守的情義。

孩子看了以後，半晌呆呆地沒有作聲，我問他在想什麼，他說：「我若是那隻迷路的鴿子，心裡會多難過啊？第一，榮譽沒有了。第二，家沒有了。」他那一臉嚴肅的神情，令人好心驚。不一會，他又說：「媽媽，妳寫一篇鴿子回家的故事吧，寫牠經過好多的風險，但終於平安回家了。媽媽，一定要讓鴿子回家啊！」

這回，他是一臉憨厚關切的神情，令人感動。我說：「好的，我試試看。可惜我對鴿子知道得太少，一定寫不好，除非是養鴿子的，才有經驗心得呀！」

稚氣的他，忽然說：「那我們就養鴿子吧，妳不是說鴿子的性情最溫和，是代表和平的嗎？」

於是他就決定要養鴿子，我拗不過他，就在一個學生那兒討來一對鴿子，又為牠們買來籠子，養在陽台上。孩子好高興，全心地照顧牠們，看他變得負責又勤勞，我心中暗喜。可是鴿子長大了，生了蛋，孵了小鴿，繁殖得越來越多，公家房子不相宜，鄰居們提出了抗議。孩子也進初中住校，無法照顧了，一籠鴿子不得不又送回給那個學生。孩子星期天回來，茫茫然如有所失。他問我：「媽媽，鴿子會不會飛回來呢？」我說：「我想不會了。因爲牠們的舊主人懂得怎樣照顧牠們，牠們會過得更快樂。」他又想起那隻迷途的賽鴿來了，問我：「媽媽，妳寫了鴿子的故事沒有？」我惆悵地搖搖頭，他熱切地說：「寫嘛，媽媽，寫一隻鴿子，迷失了方向，經過重重困難，終於找回家了。媽媽，妳寫嘛。」

孩子的好心腸令人感動，但我沒有寫，到今天我仍然沒有寫。眞的寫不出來。因爲，孩子已經長大，去了遠方，他也沒有回家啊。

不知他是不是還關懷那隻迷途的鴿子，還記不記得曾經要我寫一篇讓鴿子回家的故事呢？

——七十二年母親節前夕

踢妳一輩子

有一位年輕的朋友給我來信說：「我懷孕了。時常感到肚子不舒服，像是小東西很頑皮，在裡面拳打腳踢的樣子。去請教了大夫，大夫笑笑說：『是妳的小寶寶在踢妳呀。』我說：『這麼早就踢我，一直要踢到嬰兒出生嗎？』大夫又笑笑說：『嬰兒還沒出生就要踢妳，表示嬰兒很正常、很健康。出世以後，他更要踢妳，而且要踢妳一輩子呢。妳做了母親以後，可得耐心喲！』醫生是半開玩笑，半認眞地說的，可是我好擔憂，孩子會踢我一輩子，做母親眞是這般的辛苦嗎？」

我把她的信看了兩遍，不禁輕輕嘆息了一聲，提起筆來，給她寫回信：

恭喜妳將要做媽媽了。年輕的媽媽，妳總聽說過「養子方知父母恩」這句話吧？眞正能體會這句話的深意，就在妳做母親以後了。

醫生的話是對的，「孩子將會踢妳一輩子」，妳也將會心甘情願地被孩子踢一輩子。從孩子的蹣跚學步，牙牙學語，直踢到妳老眼昏花，齒危髮落，妳卻毫無怨尤，因爲妳是個母親。

想想妳幼年時代，童年時代，直到逐漸成長到青少年時代吧！妳不是時常任性地踢著母親嗎？傷了她的心而毫不自知。慈愛的母親，可曾嚴厲地責備過妳呢？

我眞羨慕妳的幸福，因爲妳雙親健康，耳邊總有慈母的聲音在指引妳，而我卻沒有。我已偌大年紀了，雙親早逝，我踽踽地走了一大段好長好艱辛的路途。然後我也爲人妻，爲人母。我牽著孩子的手，一步步帶著他長大。可是時代不同了，孩子的接觸面也跟我們那個古老的舊社會不一樣了。各種學人對於青少年的新理論，是如此地強調「父母如何做子女的朋友」，卻忘了提醒子女們如何上體親心，如何完成自我，消弭代溝。舊時代的子女是無心踢了父母，新時代的子女是理直氣壯地去踢父母。我常常嘆息，我們幾千年「上慈下孝」的傳統美德都到哪裡去了？

一年一度的母親節又到了，追念母親對我天高地厚的愛，也日夜掛心著遠方音書渺茫的孩子。他在身邊時，時常踢得我心痛；他遠行後，我又寧願他天天在身邊踢我，踢得我心滴血也毫無怨尤。因爲我究竟看得見他。他笑、他皺眉頭，他快樂、他生氣，我都能深深感受到。可是現在，我只覺得自己好孤單好寂寞。上無母親，兒子遠行。母親節對我來說，又有什麼意義呢？

所以我現在寫信給妳，提醒妳說：爲了妳曾經踢過母親，妳要更懂得孝順母親；爲了妳將要做母親，妳自會承當起被踢的悲傷。

年輕的母親，珍惜享受無限親恩的寶貴歲月！也好好培養一顆無邊無盡的慈母之心吧！

在母親節的前夕，我以全心靈祝福妳，和妳即將來到這個世界的小寶寶。

寫完這封信，我安慰地笑了。我好像聽到慈母在天之靈，在呼喚我。也恍惚聽到自己在低喚遠方忘了歸來的兒子。

鞋不如故

走在衡陽街或西門町，連排的鞋店門前，堆得滿坑滿谷、各式各樣的廉價皮鞋，會看得你眼花撩亂。你只要有興趣，伸出腳來隨便套著試試，很可能就會隨便買一雙回來。可是穿不上多久，就會感到極不舒服，皮鞋也變得七彎八翹地走了樣，只好嘆口氣擱在一邊。扔掉吧，有點捨不得；穿吧，腳太受罪。好在才一兩百元，也就不太心疼。下次再經過這種鞋店，又會駐足而視。又會再買一雙。於是這種上當皮鞋就越堆越多，如果你清理一下，發現四季皮鞋，可以開個小型鞋店了，這就是想儉省所造成的浪費了。

想起我中學時的周校長，一年只換兩雙皮鞋，春夏一雙，秋冬一雙。腳後跟永遠是平平正正，皮鞋面永遠擦得雪亮，和她光可鑑人的短髮，恰成對比。那時杭州最貴族的皮鞋店是「拔佳」出品，只要她蹬蹬蹬地自遠而近，我們就「噓」了一聲說：「別出聲，『拔佳』來了。」『拔佳』成了她的專有代名詞，我時常望著她一雙踩在半高跟鞋上高貴的腳羨慕地想：「我高中畢了畢，當大學生的時候，第一件事就是買一雙『拔佳』高跟皮鞋，神氣一下。」

可是高中畢業以後，吵著要母親買「拔佳」皮鞋時，母親卻說：「什麼八佳、九家的，太貴了。妳大學畢了業，掙了錢自己買。」我有點生氣，覺得自己好命苦，想想童年時在家鄉，左盼右盼，盼到一雙城裡買來的皮鞋，外公說皮鞋是下雨天才穿的。一個大颱風天，我就穿上新皮鞋去踩水，一下子就泡得像龍船似地兩頭翹起，嘴巴張開，新皮鞋馬上報銷，還挨了母親一頓訓。從那以後，只好一直穿母親親手做的布鞋，再也不敢夢想穿皮鞋了。好容易高中畢業了，仍舊不能穿好皮鞋，當然感到很委屈，嘟著嘴，卻聽母親又講起鞋子的故事來了：

「妳爺爺上京趕考時，身邊只有兩塊銀洋，和一雙奶奶親手做的新布鞋。布鞋收在包袱裡，腳上穿的是草鞋。趕著旱路，到了旅店裡，洗了腳，才把布鞋套上，小心地踩在地板上，連石子路都不敢走，怕把鞋底踩破了。就這一雙布鞋，去京城來回一趟，還是嶄新的。哪像妳這丫頭，一個月要穿破一雙鞋呢？」

母親這個故事已經講過好幾遍了。我邊聽邊望著自己腳上一雙土里土氣的鞋子。永遠是黑布面，五彩絲邊滾鞋圈，「人」字形的尖口，難看死了。有一次，一個城裡來的小販背著一簍鞋子來賣，在我家天井裡攤開來，五花八門，各種花色式樣都有。我跳著腳一定要買，母親理也不理，疼我的姑婆從貼肉口袋裡掏出四枚銀角子，叫我自己揀一雙。賣鞋的小販說，四枚銀角子，只能買最簡單的式樣。我只好揀了雙小小鴨舌頭，水綠色閃光花緞的平底鞋，可是套在腳上很不舒服，原來兩隻鞋底全是朝右邊的。小販說，批出來時弄錯了，才便宜點賣。不然要六毛錢呢。我只好忍痛買了穿上。第二天正好有廟戲，我穿了亮晶晶閃花緞新鞋，神氣地走在小鎮的街上。紅橋頭阿菊卻笑我兩隻鞋朝著一個方向，走路越走越彎，氣得我只想哭。阿榮伯卻笑嘻嘻地說：「右邊是順手，統統順手，一生都順順當當，怎麼不好？」頑皮的四叔卻說：「妳就對阿菊說，我一口氣買兩雙，今天穿的全是向右的順腳，何必回家換呢，換了也一樣，因為家裡那雙是全部左腳的呀。」他邊說邊大笑，我半天才懂，也露出缺牙笑了。

阿榮伯還給我講了個故事：有一雙鞋子，被主人穿了三年，鞋面後跟都破了，只好當拖鞋，又拖了三年，實在破得拖都沒法拖了，再用大拇腳趾與中趾夾了拖三年。一雙鞋穿了九年，鞋子被虐待得生氣了，到閻王老爺那兒去告狀，閻王說，告狀必須要有證人。鞋子說：「和我同甘共苦的襪子可以作證。」閻王傳來襪子，襪子說：「穿三年，拖三年的事，我都知道。最後夾三年，我已經由襪子升官為套褲（古老時候男人穿的簡便褲子），遠離鞋子，所以不接頭了。」閻王一拍驚堂木說：「一雙鞋子穿了九年，襪子還可升官做套褲，鞋子卻弄得屍骨無存，未免太悽慘了。」傳令鞋主，「姑念你爲了儉省，虐待了足下的鞋子，以後應當適可而止，穿三年，拖三年，也就差不多了，可千萬不許再夾三年。」

阿榮伯的故事，比母親講的爺爺那個故事，有趣多了。所以我一直記得。如今每回想起來，就會對著大堆的半新舊皮鞋，內心泛起暴殄天物的罪孽感。又想起童年時代那雙全部朝右邊的閃花緞鞋子，覺得現在腳上穿的左右分明的皮鞋，也就十分地舒服了。

說來說去，鞋子還是穿舊了的舒服，不然的話，儘管皮鞋店這麼多，爲什麼街角上修理皮鞋的工匠，仍舊是生意非常興隆呢？

下雨天，眞不好

我原是個非常喜歡下雨天的人。很多年前，就曾寫過一篇小文：「下雨天，眞好。」懷念小時候雨天裡許許多多好玩的事兒。如今已偌大年紀了，每逢下雨天，心頭就溢漾起童年時的溫馨歡樂。而且在下雨天，我讀書與工作的效率也似乎比較地高。

我的書房後窗，緊鄰一家眷舍，每逢下雨天，嘩嘩嘩的牌聲即起，雜以驚呼聲、抱怨聲，聲聲入耳。起初很厭煩這種噪音妨礙我工作情緒。漸漸地習以爲常。覺得雨聲與牌聲相和，加上我自己家地下室蓄水池不時傳來叮叮咚咚的滴水聲，確實給人一分靜定的感覺。我曾自嘲地作了兩句打油詞：「幽齋何事最宜人？聽水、聽牌、聽雨。」也算是附庸風雅的自我陶醉吧。

今年開春以來，天氣有點反常。從農曆春節直到現在，眞個是「十日九風雨」。連打過雷以後，雨仍綿綿不斷。按照氣象預測該放晴的日子，太陽卻只露一下臉就躲回去了。害得有權威的氣象專家，都手足無措，沒了主意。在氣象預報時，都不便作十二分肯定的斷語，而要保留地加上個「可能」或「希望」的口氣，以免受到社會大衆的責難。據說梅雨季還沒來臨呢！如果這個「非梅雨」再繼續下去，就跟「梅雨季」連上了，那才眞要感嘆「今歲落花消息近，只愁風雨無憑準」了。

下了這麼多日子的雨，連我這個「愛雨人」也不免要說一聲：「下雨天，眞不好」了。這豈不是「種了芭蕉，又怨芭蕉」的反覆心理嗎？想想做天公的，若要迎合下界凡人心理，該有多難？

其實呢，我一點兒也不膩煩下雨天，雨下得再久，我都不忍心抱怨。我之所以要說「下雨天，眞不好」，還是因爲想起小時候，雨天，帶給大人們的種種困擾。

先說農家晒穀子吧，就希望一連幾個大晴天，千萬別下雨。好容易把一簟簟的穀子攤開來，用竹耙子耙得勻勻地，若忽然一陣大雨來臨，那許多簟的穀子，千萬雙手都來不及收撥，就只好把簟子摺過來一半，蓋住穀子。可是雨一直不停，眼看穀子都漸漸溼透，一粒粒從篾簟邊漂出來。我站在廊下楞楞地看，心裡也有點著急，因爲母親直念：「菩薩保佑，雨不要再下了，不要再下了。」老長工阿榮伯就直嘆氣，卻又不敢抱怨天，因爲怨了天，只怕想要雨的時候，雨又不來了。穀子泡得那麼溼，就只好堆在兩邊走廊上。每天早上只要一出太陽，就一籮籮挑到廣場上晒，下午一聽到雷聲就趕緊收。有時烏雲密布一陣，待把穀子都收進去了，忽又雲開見日，似乎天老爺也喜歡和農夫們開個小玩笑，捉弄他們一下。在這樣把穀子挑進挑出，收收撥撥的忙碌中，我這個淘氣的小人兒，心裡反而很興奮，只是不敢說出來就是了。每回幫阿榮伯把穀子耙開來時，都要仰著脖子看看天色，再問：「阿榮伯，下半天會不會下雨呀？」阿榮伯很生氣地說：「不要多嘴，去跟妳媽媽念《太陽經》去。」又嘆一口氣說：「這樣溼的穀子，一連晒十個日頭都不會乾。」偏偏地只要下一個陣雨，就會連下三天。穀子堆在廊下，就漸漸長黴菌了。黴菌是綠色的，包在穀子外面，像一粒粒的綠豆，阿榮伯就趴下去把它撿出來，否則就會越長越多。這件工作，我自然是最最喜歡的。就請來左鄰右舍的小朋友，一起來撿黴菌。母親卻稱它爲「麯」，撿出來一缽缽的麯，母親都捨不得扔掉，而要送給雞鴨吃。她說麯就是酒料，是補的，雞鴨吃了會多生蛋。

「撿麯」實在是件好玩的事，我們一大群孩子，在穀子堆裡名正言順地爬來爬去，比賽誰撿的麯最多。麯越多，捧給母親和阿榮伯，他們越發愁，我們卻越開心。覺得下雨天究竟是好玩的，因爲穀子會多生麯呀！

至於父親呢？他不像母親那樣關心穀子的事。他關心的是書。書要趕在三伏天太陽最猛烈的時候晒，可是三伏天偏偏又是陣雨最多的日子。父親是個讀書人，又在外面做官多年，對於農家「早晚看天色」的經驗是沒有的。所以一到要晒書的日子，就要問母親或是阿榮伯，今天天氣如何？母親就得意地念起來：「早上雲黃，大水滿池塘。晚上雲黃，沒水煎糖。」意思是說，大清早太陽出來得太快，把雲都照得黃黃的，反而會下雨。下半天太陽下山了，如果滿天都是金黃的雲，第二天一定是個大晴天，父親就可以晒書了。

晒書可是件大事喲。篾簟要打掃得乾乾淨淨，地上有一丁點潮溼都不行。所以頭天下過雨，第二天就不能晒書。要晴過一整天以後，大清早天上一絲兒雲影都沒有，熱烘烘的太陽，都晒得水門汀和石板地燙得冒煙了，才能把書搬出來，一本本平鋪在篾簟上。再壓上一條條特製的木棍，以免被風吹動。晒一陣子，就要翻一面。在如炙的烈陽下，就是戴著笠帽，蹲起蹲下的，也是汗流如雨。這件辛苦的工作，哪裡有站著一點不吃力地用竹耙耙穀子好玩！所以我總是盡量地躲開，能不被抓差最好。長工們一聽說老爺要晒書了就頭大。因為曠場要他們打掃，竹簟要他們背出來攤開。搬書出來的事倒不歸他們，因為他們不認得字，父親怕他們會把卷數次序搞亂。可是萬一下起陣雨來，卻非他們腿長手快的不可。所以晒書的日子，長工們更怕下雨。他們邊搬邊問我父親：「老爺，這些都是什麼書呀？您這樣寶貝。」父親說：「都是經呀，有的是菩薩的經，有的是聖人的經。」他們不大相信地說：「什麼『金』呀，買不了田地，當不了飯吃，年年晒一通多麻煩！菩薩有靈，就該保佑晒書的日子不下雨才好。」說得父親哈哈大笑。

長工們都認為阿榮伯和照顧花木的阿標叔都是半個「讀書人」，常常拿起《三國演義》來一個字一個字地念，念不來的字跳過去，意思還是有一點點。所以總是慫恿阿榮伯和阿標叔多幫著晒書的事。父親也確是信託勤懇負責的他們倆。他們照著我老師的指點，謹慎小心地把書一疊疊搬出鋪開來。我呢？怕晒太陽，多半坐在廊下石鼓上，合掌念《太陽經》。念一卷，抬頭看看天。只要一看見雲層有點厚起來，雲腳長毛了，就連聲喊：「要落雨囉，要落雨囉。」一種唯恐天下不亂的心理。大我四歲的二叔是個書背得很多，滿腹經綸的「小先生」。晒書的時候，他倒是真有興趣，在旁邊走來走去。拿到什麼書在手，他都會講一點書裡面的故事，或是寫書人的來歷，我們都聽得津津有味。說到怕下雨，他忽然就琅琅背起蘇東坡〈喜雨亭記〉來。這是老師剛教過我的，我只記得幾句：「五日不雨可乎？曰，五日不雨則無麥。十日不雨可乎？曰，十日不雨，則無禾。無麥無禾，歲且荐饑……」父親聽見就笑嘻嘻地說：「別念別念，雨要被妳念來了。」二叔輕聲地說：「大哥是個四體不勤，五穀不分的讀書人，所以只關心書，不關心稻穀。」我們都縮著脖子笑個不停。可是只要父親一聲令下：「收書。」我們就趕緊全體動員，隨著父親和老師後面搬書。他們還要在書頁裡撒樟腦粉，書櫥裡擺樟腦丸。十幾書櫥的書，統統晒完要花好幾天，眞是又累又緊張，我心裡寧願下雨，就不要晒書了。

如今想起來，那麼多的書，都不懂得要用功去讀，等到想要讀的時候，書已非我所有。大晴天晒書的情景，都只是追憶中的前塵影事了。

在我童年生活中，眞眞不希望下雨的只有一天，那就是我的生日，我的生日正是颱風季節。平時一逢有颱風，我就興奮地問大人：「大水什麼時候才漲到我們家後門口呢？」只有我生日那天，我就要拜菩薩，保佑不要下雨。一下雨，母親就不讓我穿新衣服，唱〈鼓兒詞〉的先生就不會來，小朋友們也不會來吃我的「長壽麵」了。最糟的是老師只答應晴天才放我「生日假」，下雨天就照常上課。所以

「晴天的生日」，對我是多麼重要啊！可是我的生日，多半都在風雨中過去。想起母親的愁風愁雨，是爲了穀米的收成，爲了牲畜的安全；而我的愁風愁雨，卻是爲自己的玩樂。

回首童稚無知歲月，老去情懷，於悲喜參半中，倒不如「也無風雨也無晴」，豈不更好呢？

敬愛的「號兵」

求學時代，對於負責訓育的老師，多少總有點畏懼與反感。我中學的訓導主任姓沈名咸曾。我們就在「曾」字的邊上加一個豎心旁，變成「咸憎」，人人都不喜歡的意思。

沈先生（那時稱老師爲先生），教我們黨義。在重視國英數三科的心理之下，對於教黨義的老師，自然又是「另眼看待」。可是因爲他是訓導主任，大家有所顧忌，又不得不正襟危坐，裝作很專心聽講的樣子。

第一天上課，全班同學都有點緊張地注視他走進課堂。他穿的是藏青嗶嘰中山裝，線條筆挺。中分的頭髮梳得油光光地貼在頭皮上，看去怪怪的。皮鞋擦得雪亮，走在地板上拍搭拍搭地好響。比起穿長袍布底鞋的國文老師來，要神氣也洋派得多了。

他沒有開口說話前先點名，點一個名字抬頭看一眼，彷彿看這一眼就把你牢牢記住似地。他的目光倒不是炯炯逼人的那一種，眼珠也是黑白分明。記得懂相法的二叔說過，黑白分明的眼珠是絕頂聰明的人，但如果是白多黑少就有點凶相。於是我不由得偷偷注意他是不是白多黑少，觀察的結果是黑白均勻。一位訓導主任，只要不凶，我們也就放心多了。

他點完名，微微咧嘴一笑，卻發現他門牙有一顆是鑲了金邊的。鑲金牙便有一股子土氣，土氣的人就厲害不起來。這倒不是二叔講的，而是我自己的心得經驗。我也覺得這股土氣和他一身中山裝不大調和，心裡有點納悶，這位沈先生究竟是和氣的，還是嚴厲的；是精明的，還是馬虎的呢？

他開始說話了：「我的名字你們一定都已經知道了，我還有個別號，」他轉身在黑板上寫下「沈浩濱」三個字，接著說：「浩瀚的浩，海濱的濱。是我大學老師爲我取的，很廣大遼闊的意思。我很喜歡這個名字。」

「浩濱」，倒眞是滿雅致的。我回頭看右邊的同學沈琪，她把「浩濱」二字端端正正地寫在拍紙簿上，卻在下面加寫了「號兵」兩個字，又很快地畫了一個大兵吹號的樣子。她舉起本子給我看，向我做個鬼臉。我很佩服沈琪，她的聯想力很強，畫畫得又快又好。短短的新生訓練一周中，我們的老師幾乎每個都被她速寫過，都能把握特徵，畫得很傳神。她也最會給老師起外號，看來她一定會喊沈先生「號兵」了。

沈先生打開課本又闔上，和氣地說：「今天是第一天上課，大家隨便談談。妳們經過一星期的新生輔導，對學校的各項規則，還有什麼不明白的地方？」

看來也很民主的樣子，不像校長，說起話來咬牙切齒，斬釘截鐵，一對眼睛瞪得又圓又大，毫無商量餘地。沈琪馬上就舉起手來說：「我有問題。」沈先生點點頭，沈琪站起來大聲地說：「請問沈先生，爲什麼住校的同學可以不穿制服，而走讀的同學一定要穿，這不是不公平嗎？」

她問得咄咄逼人，我眞替她捏把汗。

沈先生笑嘻嘻地說：「我來解釋一下。本來穿制服，一來是爲了整齊劃一，二來是代表學校，當然最好是全體同學一律穿制服。但學校爲了體諒住校同學自己洗制服、燙制服忙不過來，交給女工洗燙又太貴；不勤洗的話，穿在身上反而不整潔，所以才通融。除了周一、周五有紀念周與周會的日子以外，可以不穿制服。走讀的同學，在校外要表現學校精神，一定要穿制服，好在穿髒了可由家裡人洗。」

沈先生說得很有道理，我們想不出話來反駁了。可是沈琪又說話了：「在一個課堂裡上課，有的穿制服，有的不穿，就是不整齊嘛。」

「如果住校同學願意天天穿制服，當然再好沒有，只要能保持整潔。學校的通融辦法不是硬性規定，更不是厚此薄彼。沈琪，因爲妳是走讀的，才會這樣想。如果妳是住校的話，一定會覺得這樣的通融是很合理的。」沈先生放下書，在黑板上寫了「公平合理」四個字。露了下金牙，又收斂起笑容，用比較嚴肅的神情說：「妳們在學校讀書，接受新知識，要漸漸養成判別事理的正確觀念。沈琪剛才說到公平不公平的問題。我就來說說，什麼是公平。公平就是誠誠懇懇地處理一件事，對待一個人。出發點是爲了大家的利益而不是爲自己，這就是無私心。處理事情恰當就是合理。就拿穿制服這件事來說吧，住校與走讀的同學易地以處，就覺得是公平合理的了。」

大家都聽得心服口服，可是沈琪仍在嘀咕：「天天穿制服，好單調啊！」一位住校的同學說：「那妳明年住校好啦。」大家都笑了。

沈先生笑笑說：「妳看妳們爲了一點點小事，各人只就自己的利益著想，意見就不一致了。其實學校的規定，沒有一條是存心和妳們做對的。主要是輔導妳們走上正確的道路。比如宿舍在晚上是九點熄燈，爲了養成妳們早起早睡的好習慣。考試期間，延長一小時，妳們就會懂得好好利用時間了。如果有人躲到練琴間偷偷點蠟燭開夜車，就是違反校規，再用功的學生也要處罰的。」

沈先生說得很有道理，我從小就比較膽小聽話，對他也就佩服起來了。而且想許多嚴格的校規，只要不去觸犯，也就不會感到有什麼不自由的限制了。

沈先生第一天上課就博得同學的好感，至少他不是一位不講理的訓導主任。頭腦開明，心胸寬大，雖然執法如山，平時卻很和氣。最有趣的是他在紀念周或周會上向大家做報告時，常常喜歡把一隻手圈成一個圈，放在嘴邊，好像可以把聲音擴大似的。我們頓時覺得他眞是名副其實的「號兵」。有一次他帶我們遠足，教我們唱進行曲，我們就告訴他把他的名字「浩濱」改寫爲「號兵」的事，他聽了拍手大笑說：「好極了，以後妳們更得聽我的號聲，行動要迅速一致囉！」

他說：「號兵是行軍時吹進行曲的前哨兵，要勇敢、機智，要以全副精神投注入號聲之中；吹出來的調子即使單調，卻有振奮人心，鼓舞妳勇往直前的效果。就連學校裡吹起身、升旗、作息號的工友，都要負責、守時，全校師生都得聽他的號聲。妳看他吹號時全神貫注，挺身而立的神情，不是像一隻報曉的公雞，多麼自信和威武啊！」

沈先生的一席話，使我們對原來是開開玩笑的「號兵」的名稱，也領略到一層新的意義。

有一天在黨義課上，我忽然心血來潮，舉手起立問道：「沈先生，黨義；黨到底有什麼意義？孔夫子不是說，君子群而不黨嗎？結黨不就是營私嗎？」

沈先生想了一下，慢條斯理地說：「『黨』並不是一個壞的字眼。比方『鄰里鄉黨』的『黨』，就表示彼此關懷。凡是志同道合的人，爲一個大公無私的宗旨結合在一起，從而產生比孤立的個人更多力量的團體，也就是『黨』。像 國父號召同志，領導革命，有組織，有目標，志士們都抱著一腔愛國熱誠，推心置腹，個人禍福生死在所不計，這樣精誠結合的黨，豈不是一個大公無私的政黨呢？」

沈琪馬上接著問道：「如果另外有一個人，自認爲很有才能，也自認爲是愛國志士，但他不願只做個服從別人領導的人，而要另外組織一個團體，自己當領導人物。他標榜的也是爲國爲民，那又有什麼不可以呢？」

沈先生說：「如果兩個團體努力的宗旨完全相同的話，自然就當合而爲一，沒有彼此攻訐打擊的理由。如果他標新立異，不願合作，那就是自私的野心家，不是大公無私的政治家。那樣的黨，就只有削弱了革命的力量，那樣的黨得勢的話，國民是不會有幸福的。」

愛發表言論的沈琪又大聲地說：「我知道，你說的那種黨就是共產黨。我爸爸說過，共產黨與國民黨不一樣，一個是有飯大家吃，一個是大家有飯吃。」

沈琪說完了還不坐下來，一副眉飛色舞，得意非凡的樣子。我總覺得她的表現欲是很強的，有一天她如果當級長的話，她的領導力也是很強的。我卻不一樣，膽子好小，什麼事只能躲在別人後面，默默地出一點小力而已。

沈先生聽了沈琪的話，很高興地說：「妳父親說得簡單明瞭。有飯大家吃不一定吃得飽，甚至只顧自己吃，不給別人吃，那就會你搶我奪，彼此猜疑。人人有飯吃，飯就很多，吃得飽，還要吃得好。所以大家會努力奮鬥，追求更好的生活方式。」

沈先生還講了《論語》上的忠恕之道，與　國父三民主義思想非常吻合的道理。他講　國父的一個故事，有一個人對　國父表示忠勤，後來又反悔了，而且偷走了一份革命黨人的名冊。　國父佯裝不知。不久那人懺悔了，　國父一點也不計較他的過失，反而給他一份重要的工作。那個人深深感動，因而極力效忠。這就是孔子所說的「感人以德」的泱泱君子之風。沈先生講故事都在授課之中插入，使我們原來對黨義這門課毫無興趣的，都聽得津津有味。他講得興高采烈時就把右手圈在嘴脣上，做出吹號的樣子，我們眞覺得他是一位「號兵」呢。

初三時，沈先生不再教我們課了，但因爲他是訓導主任，我們仍常常和他接觸，那就是犯了過錯被請進去「吃大菜」（受訓斥的意思），可是沈先生的「大菜」是可口而富於營養的。他並不板起面孔訓話，而是笑嘻嘻地先講個笑話或故事，讓我們自己想想，錯在哪裡？比方說有一次我們住校生三五個人在一個周日的晚上，逾格請外出假去看一場馬上要下片的好電影。學校批准我們八時半以前一定要返校。電影散場不到八點，回校時間是綽綽有餘的。可是當我們經過一間餃子店時，那股鍋貼的香味實在太引誘人。每人身上都還有幾個零錢，原可以買回來吃，但總覺得坐在店裡正式吃，有一派做大人的味道，於是就進去圍坐一桌，大吃特吃一頓。又在水果攤上買了甘蔗、菱角，躊躇滿志地回校。到了校門口，大門已關上，才知已過八時半，快九點了。幸得好心的老工友悄悄開邊門放我們進去，舍監已經眼睛瞪得銅鈴似地，站在宿舍門口等我們了。大名被記下來，都直接送到校長室，她是存心和我們作對。我們並不怕訓導主任的美味大菜，怕的是校長，她的一對銅鈴眼比舍監的還大，她會在周會上，一個個地把我們拎到講台上亮相，好像犯了什麼十惡不赦的大罪似地，看來這次是劫數難逃了。

我們走進校長室，沈先生也坐在旁邊。校長還沒開口呢，他先說話了。他說有一個孩子，總是不聽父母的話，每回外出時叫他早點回家，他總是晚歸來。有一天，他又要出去了，父親厲聲地說：「這次出去就別回來了。」孩子在外卻越玩越沒勁，心裡有一種無依的感覺，反而提早回家了。看見父母正在門口張望，母親又高興又意外地問他爲什麼這麼快回來了？孩子一向倔強，不願把眞心話說出來，他說，因爲爸爸叫我不要回來嘛，所以我回來了。母親噗嗤一聲笑了。從那以後，他再也不遲歸了。講完故事，校長也笑了。氣氛立刻緩和下來。校長說：「學校所訂的校規，一來是養成妳們守法、守秩序的觀念，培養妳們健全的人格。二來是保護妳們。妳們不是不被允許外出，但必須在規定時間回校，以免我們擔心。家有家規，校有校規，國有國法。在法規範圍以內，一切都是非常自由的，觸犯了法規，受了懲罰，就感到不自由了。妳們應當反省自己的行爲超越了自由的範圍，而不是合理的法規給妳們的限制太嚴。比如每年到了冬天，政府都要宣布宵禁，夜間十二時以後不許有行人。這是爲了居民的安全。這樣的禁令，只有小偷與強盜才感到不便，善良的百姓，一定會感激政府對大家的保護是無微不至的——」

校長說話一向非常嚴肅，這一席話說得明明非常有道理，但我們心裡總是怕怕的。幸得沈先生一直在邊上，看著他笑嘻嘻的神情，大家心裡也就放鬆了。那一次姑念我們初犯，校長沒有記我們過，也沒有把我們拎上禮堂講台。

沈先生後來要去英倫留學了。全校同學都好捨不得他。我們雖然覺得他鑲著金牙，即使穿西裝也有一股土氣，但這股土氣是非常中國的。他中國古書讀得多，英文又好，他是應當再出國深造的。

臨別之前，我們全班合作，由我寫了一首送別沈先生的詩。因爲沈琪聲音又響亮又美，在惜別晚會上，由她帶領大家，一起朗誦。我們把對一位良師的感激，和滿腔別緒離情，統統都朗誦出來了。

還記得那首詩是這樣的：

浩濱、號兵
我們敬愛的號兵
他負責、守時

更有一顆仁慈的心
他賞罰嚴明，誨我諄諄
有如我們的父親

號兵、浩濱
望著浩瀚的海濱
我們圈起手
吹起別離的號聲
祝敬愛的老師
此去萬里鵬程

浩濱、號兵
我們敬愛的號兵
永遠懷念的浩濱
祝您鵬程萬里
萬里鵬程

豬年感懷

今年是豬當令，開春以來，讀了好多篇寫豬的文章，都說豬既聰明，又愛清潔，尤其難得的是教子有方，絕不含糊。一點也不像世人把牠看作既髒又懶的蠢物。總算還了豬一個公道。畫家和攝影家們呢？也都紛紛地畫豬、拍攝豬照片。一幅幅都是那麼胖嘟嘟、傻呼呼，比貓狗還可愛，看得人只想擁抱牠、親吻牠。

但，不管他們是如何充滿愛心地去寫豬、畫豬、拍豬的玉照，到頭來還是每天要「吃豬」。不是大塊大塊地吃，就是把牠粉身碎骨地吃；一段段、一寸寸，分門別類地吃，從裡吃到外，從頭吃到尾。吃牠的心肝、腰子、肺，吃牠的耳朵、舌頭、牙床肉。連皮都不能倖免，因爲豬皮富於膠質，對老年人的骨骼硬化有利。豬若有知，在臨刑之際，究竟是含笑以歿呢？還是飲恨以終呢？

豬沒有貓狗那麼幸運，人類飼養豬，就是爲了要吃牠的肉。還把牠的性格描繪得那麼惡劣。才顯得最後給牠那一刀，是牠咎由自取，怨不得人類的狠心。

記得幼年時，老長工阿榮伯告訴我，豬和雞鴨都是菩薩注定了給人吃的，所以殺了牠們並不罪過。而且這些畜生都是由於前世作惡多端，才罰變做豬，受了這一刀之苦以後，孽障消除，反可轉世爲人了。家庭教師是有道行的虔誠佛教徒，他卻說菩薩是絕對不許殺生的，連微小如螞蟻的都不可傷害，何況有血有肉的豬呢？他講了一個故事給我聽：有一個屠夫，宰了一世的豬，到臨終之時，卻覺得自己罪孽深重，產生了恐懼之心。可是爲時已晚，懺悔也來不及了。彌留之際，忽然耳邊傳來隔壁寺院中的誦經之聲，他掙扎起身子，舉起右手，向空中拜了三拜，口呼一聲阿彌陀佛，就斷了氣。這個屠夫入輪迴轉世，仍免不了變爲豬。但這頭豬有一個特徵，就是右前腿是一隻人類的手。一時傳遍全村莊，都紛紛來看這頭異相的豬。主人心裡有點疙瘩，總覺得怪豬可能是不祥之兆。一位沿門托缽的老和尚看見了，卻告訴他，帶有人手的豬，乃是有一段因果的，勸他好好飼養這頭豬，千萬不要殺牠。主人聽了老和尚的勸告，就讓這頭怪豬享天年以終。老師做結論說：就由於屠夫臨終時的一念之善，感應了慈悲的佛。他的罪孽雖不得不使他變爲豬，卻可免於殺戮之災。

我聽了這個故事，既感動，又害怕。卻想起廚子劉胖剁肉丸時念的口訣：「豬呀豬呀你莫怪，你是人間一道菜。人不吃來我不宰，你向吃的去討債。」彷彿這一念，罪過都到吃的人身上去了。我站在灶邊，貪婪地聞著紅燒肉丸的陣陣香味，心裡卻有一分罪孽感。這種矛盾心情，對一個不滿十歲的童子來說，也是很痛苦的呢！

其實那分罪孽感，也並不完全由於聽了劉胖的口訣。主要的還是因爲我與豬爲伍的日子太多。從母親謹慎小心地選購來一頭胖小豬，放入豬欄開始，牠就成了吳媽和我的好朋友。吳媽是母親委託她餵豬的人。母親每事躬親，唯有餵豬，卻完全交給了吳媽，連豬欄都不肯去一下。她絕不是嫌髒，而是不忍心親眼看小豬一天天長大，到年終卻非得揀個日子把牠宰掉祭祖不可。吳媽呢？雖然是幫著主人，一心一意把豬餵飽餵大，可是她每天拎著一桶煮得香香的飼料去餵牠時，看小豬吃得那麼起勁，她總是摸摸牠的額頭，拉拉牠抖動的下垂大耳朵，無限憐惜的樣子。小豬也會抬起頭來，用瞇縫眼信賴地看看她。

我每回都跟吳媽進去，站在旁邊看牠吃。拍嗒拍嗒的聲音好響。吳媽常常嘆著氣說：「豬就是吃相不好，才落得這般的苦命。」我心裡就好替牠委屈。也替所有的畜生委屈。人總是高高在上的樣子，要養牠就養牠，要宰牠就宰牠。牠是不是眞的命苦，人又怎麼知道呢？

小豬大約才兩個月，全身的毛細細疏疏的，透著嫩白略帶粉紅色的皮膚，細細的小尾巴，捲成個小圈圈。跑起來非常地快。而且還會蹦跳呢。可惜只有牠一頭，太孤單了。我看牠很寂寞的樣子，只想蹲在欄邊多陪陪牠。牠不時走到我身邊來，用尖尖的嘴巴鼻子碰碰我。我喊牠「呶呶」（這是我家鄉小孩子呼喚豬的聲音）。牠好像聽得懂。想起自己三歲以前都一直寄養在乳娘家，和我同年同月生的乳娘的女兒，一起爬在地上跟豬玩。兩個人都只會叫「呶呶」，母親說我四歲才會說話，四歲以前，見到誰都喊「呶呶」，大人們都說我笨得跟豬一樣。現在看著這條活潑可愛的小豬，就格外有一分親切感。但是想到牠終究要被宰，心裡也格外難過。我暗暗念著：「豬呀，你慢慢長吧，長大了就要被宰了。」可是牠還是長得好快，越長大也就越不活潑了，牠就是這麼無聊寂寞地活著，一天天長大，一天天等待死亡。想到這些，我心裡好難過，就趕緊離開豬欄。

豬欄的隔壁就是牛欄。黃牛總是靜靜地站著，無視於豬的存在。好多次我都想，是不是可以讓牠們住在一起，也許彼此都不會寂寞呢？可是吳媽說不行的。牛有牛性，豬有豬性，牠們合不來，我每回去牽黃牛出來吃草的時候，總要先去看看豬。牠長大了，老是在睡覺，我用竹枝輕輕拍拍牠的背，牠會抬起頭來看看我，然後爬起來，向我走來。我伸手摸摸牠的耳朵，牠只呆呆地站著，也不知牠喜不喜歡我。我對牠不像對黃牛和貓狗，心裡的那分感覺，不是愛，而是歉疚，是憐憫，一種無可奈何的憐憫。尤其是聽老師講了那個故事，又教我讀過《孟子》的「見其生不忍見其死，聞其聲不忍食其肉」那些句子以後。我只想多看看牠，又只想躲開牠，心裡十分矛盾。我常常問母親：「媽媽，我們能不能不殺豬呢？」母親用嘆息的聲音說：「那就只有不養豬。」我說：「那就別養嘛。」母親說：「過年怎麼能沒有豬呢？」

像我們那樣的大家在鄉下，過年宰豬是天經地義的事。等到宰豬的日子揀定以後，吳媽煮豬飼也變得無精打采了。她說：「奇怪得很，揀定了宰豬的日子，豬就不想吃了。」豬不想吃，吳媽也吃不下飯了。餵了牠一年，眼看牠長得那麼壯，她該爲自己的成績高興呀。可是她眞是捨不得牠死啊。她總是對自己說：「明年我不餵豬了。」可是第二年餵豬的差事還是她的。就這麼餵大了殺，殺了再餵。殺豬的人明明不是吳媽，她卻總覺得自己罪孽深重的樣子。殺豬的前幾天，她早晚都去佛堂念觀世音菩薩超度牠。我呢？老師教過我念《往生咒》，就在書房裡跪在蒲團上念《往生咒》。母親更不用說了，走進走出，嘴裡一直喃喃地在念各種的經，顯得很不安的樣子。長工們卻是磨刀霍霍，等待著大顯身手。這時，只有頑皮的四叔，嗤笑我們都是「貓哭老鼠假慈悲」。他說：「戒殺與否，只在自己一念之間，不能戒殺，又何必假惺惺。」現在想想，他的話也真有道理。但那時的農村，就是擺脫不了這種習俗。好像不如此不足以表示對祖先的敬意，也不足以炫耀一個大家庭的氣魄。

四叔只比我大四歲，卻非常有才氣。他寫得一手漂亮的魏碑，又會畫畫。常常學豐子愷的漫畫，畫得唯妙唯肖。宰豬那天，他故意畫一張漫畫，把它貼在廚房門上。畫的是一條滴血的豬腿，掛在屋簷下，一隻小豬在廊下抬起頭來望著它。邊上寫著一行字：「那是我媽媽的腿。」看得我怵目驚心。卻不能不佩服他畫得跟豐子愷的一模一樣，只是稍稍變化一點而已。母親盯著畫看了半天，生氣地把它撕下來，我看見她眼裡卻滿含淚水。我也暗暗對自己說：「我不要再吃肉了，我不要再吃肉了。」

宰豬都在破曉時分，那一夜，母親、吳媽都不能入睡。我呢？心裡既害怕，又有點說不出來的興奮。看長工們在廚房裡從晚飯後就進進出出地忙碌著，我覺得過年的序幕就要開始了。可是一想到豬欄裡的豬，就不由一陣心酸。母親一直催我早睡，我躺在床上，拉上厚被子蒙著頭，雙手食指塞住耳朵，倒也矇矓地睡著了。可是在睡夢中，總似聽到悽慘的尖叫聲。第二天一大早起來，又忍不住跑到後院去看，我的朋友「呶呶」已被刮去黑毛，吹成又大又胖，像一隻白象了，我的眼淚撲簌簌落下來。吳媽生氣地把我拉回廚房，說我女孩子怎麼可以去看？我只想放聲大哭，可是過年過節的，怎麼能哭呢？那些日子，我都不敢走進空空的豬欄邊，連黃牛吃草都不願意去牽了。

可是過不了多久，又是一頭活潑蹦跳的小豬，放進豬欄，吳媽又不得不開始餵牠，我又忍不住跟在她後面進進出出。如此年復一年地過去。

直到幾十年後的今天，好像豬臨刑時的哀號，猶自聲聲在耳。豬欄裡小豬活潑蹦跳的神情，和牠一天天痴肥後的慵慵睡態，也時時浮現眼前。想想豬難道眞是萬劫不復的「人間一道菜」嗎？我如今已偌大年紀，能不能下個決心，不再吃這一道菜呢？

今年是豬年，爲了紀念童年時與豬的一段友情，我要漸漸地戒除吃豬肉（牛羊肉早已不吃）。我說「漸漸地」是因爲患有胃潰瘍，醫囑必須多吃肉類。但我相信，一定可以用其他蛋白質的素食代替，漸漸戒除吃豬肉的。

到那時，再想起幼年時聽廚子劉胖念的口訣，就不會怕豬來討債而感到心裡不安了吧？

——七十二年四月四日

越看越感動
——讀《母親的夢》

六十九年春，我參加在日月潭召開的「全國文藝座談會」。在涵碧樓的大廳裡，看見一位素未謀面的文友，笑吟吟地向我走來，自我介紹說他的故鄉是浙江青田。一聽說是大同鄉，就非常高興地和他聊起來。他一臉的誠懇樸實，和一口急促的藍青官話，立刻使我有一分「他鄉遇故知」的親切感。

他就是詹悟，記住他的名字以後，才想起以前林林總總看過他好幾篇文章，知道他小說、散文、評論都寫。與他交談以後，倒覺得他是我們家鄉話所說的，「一根肚腸通到底」的那種坦誠人。

不久以後，又在《中華副刊》讀到他的〈夜大生活〉與〈第二張畢業證書〉。才清楚他的身世。原來他十歲喪母，一生流浪，來台以後，於萬分困苦中一面工作，一面自修，考取高考，獲得教書工作，而後娶妻生子，有了美滿家庭。賢妻相夫教子，他再去讀大學夜間部，又再接再厲地考入研究所。他那一分青年人潔身自愛的奮鬥精神，對工作的負責認眞，和對文學寫作的執著熱愛，眞是深深地感動了我。於是馬上提筆給他寫了一封長函，告訴他我以有此一位鄉弟爲榮。他當然也非常感動於我這個老大姊對他的「賞識」。我們既誼屬同鄉，自然感到格外地投緣了。

這次他的文集《母親的夢》出版，要我寫幾句卷首語，儘管我不敢托大地爲人寫序，對他卻也是義不容辭的了。

他把校樣送來時，對我說：「只要隨便翻翻，說點感想就可以了。」我既要寫感想，又怎麼能「只隨便翻翻」呢？我必須要仔細地讀；讀完以後有感想就寫，沒有感想就不寫，這才是誠實的態度。可是當我一篇篇讀下去時，竟是越看越感動。我覺得詹悟的文章比人可愛，因爲他說話總是瑣瑣碎碎，有點時空顚倒的「意識流」，可是文章卻非常簡練有條理，流暢自然。散文本來是直抒胸臆，能表情達意便好，但他寫得一點也不拖泥帶水，字裡行間流露著一片至誠，多處令我往復低徊，既欣賞又感動。我越發相信章實齋說的「文不足以入人，足以入人者情也」這句話的道理。

詹悟寫苦學奮鬥的歷程，平實懇摯中，包含了無限酸辛。他的勤奮、謙沖，埋頭努力，衝過一關又一關。就爲對雙親的一點孝思，使他堂堂正正地踏上人生的康莊大道。這些篇章，是足以爲青年人進德修業的參考的。

他寫日常生活，都取材於身邊瑣事，哪怕是重重困境，筆調仍充滿了風趣。例如在〈視茫茫〉中寫眼疾嚴重，走出暗室，他說：「我的右眼瞳孔放大，所看到的景物反而小了。於是我眼底的世界，一大一小，竟出現兩個不同的世界。」在〈另眼相看〉中，他要求護士小姐：「留一隻眼睛讓我看一看太太，等她來了再綁起來。」他是能以微笑與愛面對疾病的。

〈治病紅包〉一文，寫得亦莊亦諧，對仁心仁術的大夫，懷有無限的感激與敬意，而對於一般醫院與醫師的陋習，他也諷刺地點到爲止。

〈家禽〉一篇寫對於老龜的寬容與愛，深獲吾心。他說：「與牠脊愛片刻之後，就起來攤開稿紙，牠成了督促我早起的良友了。」一個寫作的人，大概都有點痴傻得不近常情的吧？

〈給未謀面的孩子〉，一字一淚，爲了家庭的經濟不得不將未成形的胎兒動手術取掉，一個作父親的心，痛苦可知。讀到最後一段：「夜半，聖潔的鐘聲敲醒我的噩夢，我和你媽都哭了。孩子，你若有靈，會同情你的父母，原諒你的父母嗎？儘管你已不在人間，但你是我們的孩子，我們會永遠永遠地懷念你。」天下父母心，焉得不泫然淚下呢？

〈最苦莫過兒病時〉與〈他站起來了〉，寫他兒子罹患小兒痲痺症，與疾病苦苦奮鬥的經過，可說是最感人的勵志文學。作父親的沉痛地寫道：「我的兒變成爬蟲了嗎？他整天像一隻壁虎，靠著膝蓋，拖著兩條無力的小腿在地上爬。我寧願自己爬一輩子，也不願看到孩子在地上爬，我一定要他站起來。」

父親的愛，加上孩子堅強的毅力信心，經過千方百計的治療，兒子終於站起來了。他寫道：「十年來，我看他跌倒、爬起。跌倒、爬起。每次孩子跌倒的聲音，沉重地撞擊著我的心，我的心在滴血。我兒、我兒，他卻一滴眼淚都不流，只聽到他的骨頭碰在路面上發出輕脆的聲音，他只輕輕啊唷一聲，臉上掠過一絲痛苦的表情，仍勇敢地背著大書包站了起來……我真高興，孩子的世界比大人勇敢。」

他的孩子是勇敢的。他開刀一點不怕。他說：「我將來也要做小兒痲痺的醫生，專門給患小兒痲痺的孩子開刀。」父親安慰地「看兒子全副武裝上國中，像個無敵鐵金剛」。他連軍訓都不願被免去。

詹悟安慰地寫道：「二十年了，孩子平安地長大。如今他已是中國醫藥學院三年級的學生。今後他要走的路很長，我相信他會更加堅強地走下去。」讀完這篇〈他站起來了〉，令人好感動，也好欣慰。詹悟是一位好父親，他以愛灌溉兒子，使他能以健康的身心，順利成長。他樸實眞摯的筆，也寫出了無邊的親子之情。

廚川白村在《苦悶的象徵》中說：「文藝絕不是一般大衆的玩藝，而是一種嚴肅沉痛的人生苦悶的象徵。」當人生遭遇到痛苦時，不是被痛苦擊倒，就是要化悲憤爲力量。讀詹悟《母親的夢》文集，我知道詹悟是從生活的重重困厄中，深深體會到這點道理，而內心充滿勝利者怡然自得的快樂的。

一點童心

——讀《我愛ㄅㄆㄇ》

我從小沒有學過注音符號，爲了許多方面的需要，中年以後，才跟好友海音學。她的教授法好，我一學就會，很快就記住了。而中年人到底不比小孩子，念起注音符號來儘管順口，寫起來不免會錯誤。想一想，再改正，就慢了半拍啦！

自從一頁一頁仔細讀著林武憲的《我愛ㄅㄆㄇ》，幫助了我重識每一個注音符號，我再也不會寫錯了。聰明的作者，他好有心思，配合注音符號，編出一套套生動有情趣的詞兒，有的是兒歌，有的是童詩。加上劉伯樂鮮明活潑的彩色圖畫。我看著、念著，念著、看著，一顆心變得無憂無慮，恍恍惚惚中，又好像回到了童年。

我非常喜愛其中許多首。例如〈ㄋ〉那一首：「小牛喝牛奶／小羊喝羊奶／我喝了牛奶／會不會變成小牛／我喝了羊奶／會不會變成小羊。」一點童心，令人莞爾。又如〈ㄎ〉那一首：「可口餅乾眞可口／吃了餅乾眞口渴／口渴了喝可樂／有吃有喝眞可樂。」是多麼有趣的繞口令！還有〈ㄗ〉那一首：「棗泥粽子眞好吃／有粽子／有棗子／棗子藏在粽子裡／粽子裡頭藏棗子。」念著念著，我的嘴都甜起來了。

林武憲取材於兒童所熟悉和最感興趣的日常生活，寫來自然、親切、非常吸引人。尤其難得的是：短短的幾句詞兒裡，常寓有很深的啓迪意味，卻又不帶訓導口氣。例如〈ㄘ〉那一首：「曹先生種青菜／曹先生勤拔草／要想青菜長得好／不怕辛苦多拔草。」正是告訴孩子們，一分耕耕，一分收穫。又例如〈ㄝ〉那一首：「爺爺送我小紅鞋／姊姊叫把大字寫／穿了紅鞋想爺爺／學會寫字謝姊姊。」邊念邊欣賞那一幅白髮爺爺和漂亮姊姊，陪著小弟弟，「穿著小紅鞋習大字」的插畫，眞令人愛不釋手，而小朋友們在念這四句順口的詞兒時，自然會體會到孝思與親情的意義了。

《我愛ㄅㄆㄇ》不僅是一本教學上的好書，也是一本極優良的兒童讀物。它不僅是一本兒童書，也是一本大人書。爸爸媽媽結束了一天的忙碌工作之後，把寶寶摟在懷中，和他一起認ㄅㄆㄇ，一起欣賞圖畫。這又是多麼美的一幅天倫圖呢！

我也忍不住編個歌兒唱起來：

我愛ㄅㄆㄇ
爸爸也愛ㄅㄆㄇ
媽媽也愛ㄅㄆㄇ
婆婆也愛ㄅㄆㄇ
我更愛
我的ㄅㄚˋ　˙ㄅㄚ
ㄇㄚ　˙ㄇㄚ
ㄏㄢˋ　ㄆㄛˊ　˙ㄆㄛ

兒時不再

每回看《我愛大自然信箱》，小朋友們問楊平世老師有關生物的各種問題，馬上覺得自己也會縮小回去，縮至六歲那麼小，只想高高舉起手來喊著問：「老師，我有一個問題，螞蟻會不會打噴嚏？」「老師，我還有一個問題，蚯蚓長大了，會不會變成蛇呢？」

我爲什麼會想起這樣古怪的問題呢？是因爲我小時候生長在鄉間，每天趴在泥巴地上，數著螞蟻爬來爬去。有時一陣大風吹來，覺得好冷，會打噴嚏，想想螞蟻那麼小，會不會怕冷，也打噴嚏呢？我問外公，外公總是點頭說：「會的會的。」卻又說不出個道理來。至於蚯蚓呢？那是我最怕的蟲類。那樣子好醜、好膩胃，可是外公說蚯蚓在泥土裡打洞，把土打鬆，好吸收雨水，是益蟲。又說蚯蚓命大，是「小蛇」。蛇呢？命更大，是「小龍」。我的生肖又偏偏屬蛇，不可同類相殘。

我還有個問題也想問老師：「過新年，百腳蜈蚣媽媽要給牠的三個兒子、兩個女兒做新鞋，牠竟然一口氣要做多少雙呢？」那時候人類都還沒有家庭計畫觀念。蟲兒更不會有，所以蜈蚣媽媽生了一大堆兒女，好辛苦啊。

當然最後這個問題應該問數學老師的。又有一次，我忽然心血來潮，寫信到兒童信箱問一個問題：「蜘蛛聽不聽得懂人唱歌呢？」我問這話是有原因的。就是那個星期六早上，我在院子裡看見一隻小蜘蛛爬得好快，想從我腳縫中逃走，我立刻把腳移開，生怕踩到牠，蹲下去輕輕對牠說：「蜘蛛，你別怕，我不會殺你的，你慢慢地爬，爬回洞裡去吧。你媽媽在找你啊。外面馬路上好危險，你得沿著水溝邊爬才比較安全呢。」別人一定覺得我是個神經病，蜘蛛怎麼懂人語呢？其實是因爲我小時候，就是看到母親常常這樣跟昆蟲們細聲細氣地說話的。她除了對蒼蠅、蚊子才罵「討厭死了，打死你」以外，其他的蟲兒，都像是她的好朋友。現在我比母親當年的歲數還大了，可是一想起母親來，我就變成孩子了。

說也奇怪，我這麼喃喃地自言自語著，小蜘蛛竟然停了下來。我眞是好高興，高興得馬上對牠唱起歌來，唱一支幼年時母親教我的歌：「蟲蟲嬉，雀雀飛。蟲蟲田裡吃穀米。雀雀飛上高山吃棠梨。」我一遍又一遍地唱，越唱越開心。再沒想到那隻小蜘蛛居然轉過身來，把臉對著我，兩隻前腳凌空舉起來一動一動地像在舞蹈，嘴巴也一動一動地。牠一定是聽懂了我的歌，牠也高興起來了。我這一樂眞是非同小可。心裡想，不管這是不是偶然的巧合，至少蜘蛛也有第六感，牠感覺得出來，這個人沒有害牠的心。空氣中蕩漾的一定是一種溫和的音波，而不是急速的拍打所引起的劇烈震盪，所以牠也安心地欣賞起我的歌兒來了。

和蜘蛛「珍重道別」以後，回到屋裡，我就寫信去兒童信箱問這個問題。楊老師給我回信說：「不能確定蜘蛛是不是聽得懂人唱歌。但妳所想的多少也有點合乎科學的道理。」從這些回答中，我獲得不少智識，也解答我不少疑問。尤其是他們的有獎徵答，想出來的問題是那麼地生活化，卻是我們時常忽略的，或是想知道而無法知道的。經他們一問，我也只想猜猜看，如果我只是六歲的兩倍——十二歲的話，我一定會應徵回答，可惜我已經是六歲的十一倍，沒有資格了。想想光陰是多麼寶貴的東西，一被它跑掉，就再也追不回來了。我只想縮小回到六歲的幼年，卻是再也縮不回去了。

儘管我已是六歲的十一倍，卻不是個哈腰駝背、呵欠連天的老太太。我走起路來，健步如飛（在初中時競走第一名）；吃起東西來，冷的熱的，炸的炒的，甜酸苦辣的，樣樣都愛吃，嘴饞嘛。講起幼年的故事來，那眞是有一大籮筐，沒完沒了哩！

如果我能細心、耐心地從百忙中擠出時間一個個地寫，那該多麼好呢？

親情、友情、祖國情

記得在好多年前一位年長的讀者朋友對我說：「我非常欣賞簡宛的作品。無論是親情、友情、祖國情，以及在異國的所思所感，都寫得那麼地眞摯而生動，於樸實平易中透著無限的溫馨。」最後她又加上了一句：「我覺得妳們的筆調有點近似呢！」

聽了她的話，我好高興，因爲她讚美簡宛的文章，也等於同時讚美了我的，我焉得不引以爲榮呢？於是我也就格外注意起簡宛的文章來了。每回見到，必仔細地讀，無論她的散文或小說，篇篇都是有感而發，言之有物，文筆灑脫自然，沒有絲毫的矯飾，寫作領域也益見廣闊。因爲她年輕、敏銳，且正在日新又新地進步中。定居國外以後，懷著滿腔的愛與求知的熱誠，學問見識與對人生的體認，更是隨歲月而俱增，文章自然越來越圓熟，也越有深度。對如此一位潛力無窮、前程似錦的年輕作家，承朋友於讚美她時也不忘提到我；除了感奮，尤不能不更加自我策勵了。

寫到此，倒想起一件有趣的事兒來。有一家出版社，編了一冊有關親情的散文集，內中包含我的兩篇文章。因事先並未徵詢作者本人意見，書出版後才看到，發現其中一篇題名〈古樹〉的，並非我的作品，文章卻似曾相識，只是一時想不起是誰寫的。因事忙，未向出版社提出更正。日前重讀簡宛的散文集《書中日月長》，才發現〈古樹〉正是簡宛的作品。這個錯誤，倒印證了那位朋友說我們兩人文筆相似的那句話。我心中感到一陣高興，也就不堅持要出版社更正了。我明知道這種非出自本意的「剽竊」行爲是不對的，但能偶然冒充一次簡宛，也未始不是我與她的一段文字因緣呢！

我旅居紐約期間，和簡宛由通訊而通電話，而握手言歡。我曾兩度南下北卡羅利那州，到他們幽雅的「嘉利小築」作客，得以充分享受親切友情，快慰平生。

簡宛的夫婿，這位年輕學人，待人誠懇，談吐又風趣，難得的是一位科學家卻寫得一手幽默好文章。這於《葉歸何處》與《書中日月長》二書〈後記〉中可以見得。他對簡宛自少女時代便熱中的寫作志願，始終予以全力的支持與鼓勵。使簡宛於作一個好妻子、好母親又兼一份工作之餘，仍能孜孜兀兀，執著於自己的旨趣，未曾一天放下書與筆，而且文集也一本本地問世。簡宛努力的成果，終使她獲得「中山文藝獎」的最高榮譽。妻子的成就，這位好丈夫實在是應當居首功的。

簡宛在《地上的雲》〈後記〉中寫道：「在朝夕相處的日子裡，他把他的豁達和開朗傳染給我。若不是他的樂觀，我不可能在異鄉旅居的日子，仍然能面帶笑容。若不是他的了解，我更不可能在繁忙的美國主婦生活中，還能緊緊地握著我熱愛的筆。」家興在《書中日月長》的〈後記〉中寫道：「她相信沒有一個夢想是不需要付出代價的。當獲得了夢想實現的滿足，一切挫折與懷疑也就煙消雲散。她常說我是一個無藥可救的樂觀主義者，我認為她才是眞正樂觀主義的實行者。」

讀著他們這兩段彼此充滿柔情的感激與愛意的文字，怎不令人對懷抱著如此高潔情操的一對神仙眷屬，興起無限欽羨之忱呢！

我去簡宛家那年，她除了在大學圖書館工作之外，還選修一門社會教育學科，同時又和志同道合的中國朋友，盡義務為中國兒童創辦中文班，不辭辛勞地教兒童中國語文，使他們自幼在兩種不同文化的衝擊中有所體認。對於祖國文化的傳播，和下一代的教育，她實在付出了極大的心力。她一面工作，一面寫作，一面潛心研究東西文化之比較，致力於兒童文學的整理與創作。這一切都只基於一個字，就是「愛」。她妹妹靜惠說得眞對：「大姊是一個充滿愛心的人。」與簡宛相交以後，我確實感到她隨處流露的那一分眞摯的愛心。她的執著於寫作，也只爲申訴心底對人類的熱愛與期待。她自認寫得不多，但句句都是肺腑之言。這就夠了，因爲「肺腑之言」便是至情至性的好文章！

由「書評書目」出版的《葉歸何處》和《地上的雲》二書，在國外時已仔細重讀，並曾寫了一篇讀後感，篇名〈那一片上升的雲〉，刊在《書評書目》第六十五期。

六十八年九月，簡宛的第三本散文集《書中日月長》由爾雅出版社出版，其中文章大部分都已讀過，與簡宛訂交之後，重讀時便感分外親切。那時我尚在美國，常與她通電話寫作、談生活。最後總是說一句：「我們報上見。」作爲彼此在寫作上的鼓勵。

《書中日月長》的內容，方面很廣，文筆也益臻明淨。於字裡行間，可以讀出她更濃重的去國懷鄉之思，更深厚的親情與友愛，與對自己國家兒童的滿心關注。更可以體會到她對學問智識如飢如渴的追求，以及對寫作無休止的狂熱。

簡宛說自己愛寫作如戀一位情人，她也自嘲爲「玩筆喪志」。其實正由於她如痴如醉地握住這支筆，她的志越堅，思與感越銳敏，心胸越開闊也越深厚，題材的領域也越擴展。此所以這兩年來，她又不知不覺地寫下了十幾萬字。這些文章，篇篇都是她久居海外的深切感受，是不得已言而後言的至情至性之文。

由於簡宛在這些年來對西方文明史深入的觀察與體認，反使她愈加地欣賞與懷念東方文化，也愈加關懷自己國家的下一代。她深深感到，在精神的領域中，西方文明是無法解救人們內心的寂寞空虛的。由於她對這方面的認知，在近年來的許多篇章中，這一分思與感，自是愈益深切。她身居海外，去國日久，唯有以全心靈投注在寫作天地中，她才能眞正感到快樂。

對於一個熱中寫作的人來說，精神上的收穫，實在遠勝於物質上的享受。簡宛在信中告訴我說：「我若是去上全天班，就可以多賺一份薪水，我們的物質生活可以過得更舒服。但爲了給自己留下多一點時間寫作，我寧可少點收入，爲的是要選擇自己的生活方式——精神感情上的富足。寫作使我擁有更多的親情與友情，也感受到更深的祖國情。我實在沒有什麼大志，但願能筆耕到底，一生能夠做好一件事也就夠了。」

反覆地讀著她這一段肺腑之言，我幾乎感動得落淚。簡宛自嘲「無大志」，「筆耕到底」正是她的大志。中國人講究的是「安身立命」四個字，簡宛夫婦定居國外逾十餘年，而他們一心嚮往祖國，關懷祖國，他們一家始終是道道地地的中國人。因為他們眞正把握了「安身立命」的大道理，也充分發揮了中國人重精神不重物質的高潔情操。

做爲簡宛的朋友，每於報刊上讀到她自海外寄回發表的文章時，總有一分快如睹面的欣慰。

最近接簡宛來信，知道她夫婦將赴歐陸從事學術工作半年。從此簡宛的識見越廣，感受越深。我在熱切地期待著讀她於行萬里路後所寫越深越廣的好文章。

可是每當我重讀她第一本集子《葉歸何處》時，我內心總在想：無論簡宛走遍了天涯海角，她心靈裡那分「葉歸何處」的感觸，只有愈加深沉。因爲她是道道地地的中國人哪！

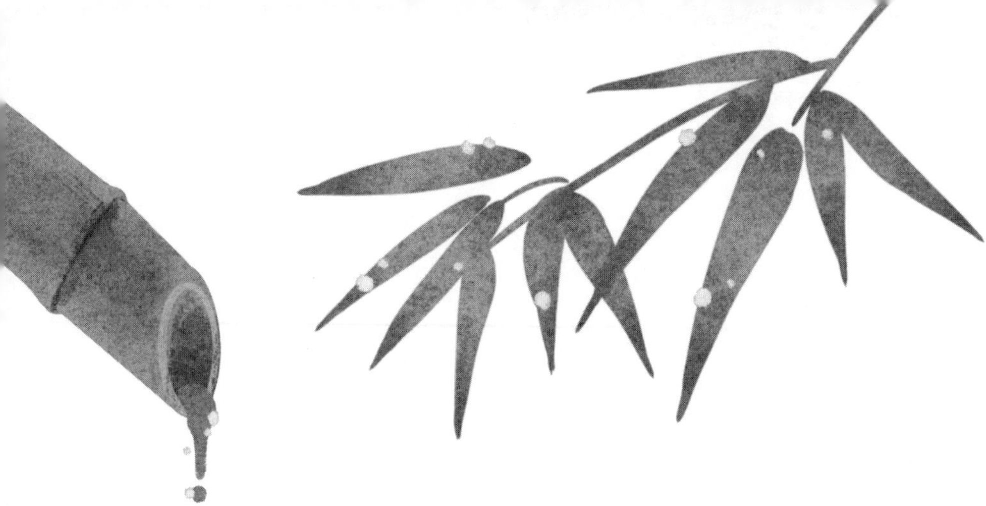

附錄

水甜故鄉好，情深採藥回

黃秋芳

琦君的文字真醇，帶著點單純美好的「藥性」。她的每一本書，寧靜，嫻雅，拆解詩詞融入淺白敘事，隨著越來越快的煩囂轉速，「適應症」越來越多元，有益於在忙碌時放慢速率、在晦暗時提供微光、在混亂時看淡脫序、在抑鬱時，注入一點點世事了然的淺笑。

一、從「月是故鄉明」到「水是故鄉甜」

漂泊在安史離亂的杜甫，藉〈月夜憶舍弟〉的「露從今夜白」，傳遞身如飄蓬的無可奈何；以「月是故鄉明」的自我安頓，寄寓說不盡的牽掛。琦君的《水是故鄉甜》，在紛繁的現代時空，把遙不可及的「月」，拉到近在身邊的「水」，復活她一直眷戀、喜歡，始終不凋不朽的世界，從視覺的「無瑕白」，轉到味覺的「層次甜」，再迴旋出聽覺的「生命主旋律」，那是母親的叮嚀：「是哪裡生長的人，就該喝那裡的水。要知道，水是故鄉的甜唷！孩子們多喝點家鄉的水，底子厚了，以後出門在外，才會承受得住異鄉的水土。」

這淡淡的水，澆灌著母親的繡花、拧線、紅豆糕、草鞋、花球，混雜著一點點悲傷，一些些屬於舊時代的顏色和聲響，還有許許多多「豈能盡如人意」的溫柔悵惘，穿透節慶、時空，在海的另一端復生。盤附在冰箱、洗衣機和電鍋都故障的困境裡，以「今之古人」的襟懷和技能〈再做「閒妻」〉；從窘促的陽台看出天地無垠的〈垂柳斜陽〉；過節不做糕，〈一餅度中秋〉；看通俗電視劇找到〈愛的啟示〉；注入〈一點童心〉，茁長成愛的大樹；人人「慣遲作答愛書來」，她一個人「情文並茂」，收到先生回信指示：「以後來信務要簡短，我事忙又累，無時間看。」不得不〈報上見〉，是纏綿的綑綁，更是無可奈何的鬆綁。

也許，這就是成長吧！小時候的琦君看母親瞇著眼為爸爸和二姨作繡花拖鞋，也曾任性地「奪鞋洩恨」，只是，母親嘆了口氣說：「你不懂，我只繡一雙，你爸爸就會把它給了她穿，自己反而不穿。倒不如索性一口氣繡兩雙，讓他們去成雙作對吧。」

她不能改變別人，只能付出更多自己的愛。中學時為母親講解「換雨移花濃淡改，關心芳草淺深難」，在母親的恍惚中，聽見刻骨的寂寞，因為不忍，學會宕開悲傷，用極淡的筆觸，勾起青春透明的記憶薄紗，和母親重溫少女時的輕鬆小調：「阿姐埠頭洗腳紗，腳紗漂起水花花……」

那漂起的水花裡，藏著酸，藏著甜，藏著更多溫暖的追念、無悔的付出和不得不寬闊的接納。好不容易在一九八〇年自美返台任教於中大中文系、又在三年後倉促隨夫赴美，輾轉奔忙，全書盤旋在歐、亞、美間的國際化地景，只能藉「在地」的當下珍惜安定混亂，因為淡，餘味更濃，成為最現代化的「情緒穩定劑」。

二、淡筆吐露刻骨寂寞，深情斂藏溫暖人生

隨著《水是故鄉甜》的淡筆勾勒，我們品嘗出刻骨的寂寞；也在一次又一次日常瑣碎裡，領略生活的溫度。她為身邊所有的人付出所有，一如母親；但也同樣堅守在原地，看所有她愛的人、愛她的人，各自追逐著夢想，慢慢離開她身邊。大學

畢業後，她帶著送給〈母親的金手錶〉，幾經難阻回到家裏，才發現隱瞞病情不讓她影響學業的母親，已然離世；很多年很多年以後的母親節，等不到身處國外的兒子祝福，她為自己買一枚透明紅寶石戒指，咀嚼稚兒早已遺忘的情話：「媽媽，妳不要老，等我長大，我們一起老」，最後只剩下她和移居天堂的母親一起「母親節快樂」。

母輩的寂寞，成為她的寂寞；母心似天空的寬闊，鍛鑄出琦君「好好活著」的信念和實踐。有一年回台，她看著我的軟鞋歡喜不已地問：「這鞋很舒服吧？」帶她到阿瘦皮鞋店，看她一口氣買了近十雙鞋款不同、尺寸不一的鞋子，還沒想到該送給誰呢！只像個孩子、又像母親般兀自開心：「有誰來看我，喜歡又穿得下，就帶走吧！」

想起她收藏在〈鞋不如故〉裡的母親、爺爺、阿榮伯和不夠寬裕的童年。她買過兩隻都朝右的瑕疵鞋，越走越彎，越走越痛；成年後，只要左右分明，就可以走下去。好像她這一生的履痕，都換成「就帶走吧！」的認份隨緣。疼痛走到最後，再生出「看淡浮沉」的韌性；進而烘焙出一種「珍惜瞬間」的歡喜。她那揮霍不盡的深情，託生在對家人的想念、對師友的回顧，以及在小生物的憨萌和悲哀裡，鼠的倉皇、狗的寂寞、貓的負欠和豬的疼惜，跳竄著對成長中無數縱容陪伴的感謝和想念，以及更多「愛都來不及」的惆悵。

「月是故鄉明」的蒼茫，轉為「水是故鄉甜」的成全和幽默。流離途中的〈提防扒手〉，所有的內心戲轉為喜劇；隨著歲華遠逝，生理退化，〈一望無「牙」〉的感觸，成為時空流動中的共同生命史；身邊的親友一起老病，〈藥不離身〉的常民醫學，變成生活趣味；在楓葉美景中打麻將，看見好友〈有「韻」〉；在胃穿孔的生死邊陲，感受陌生人的〈佛老心〉；異鄉友朋的生活面向，成為多面璀璨的浮世繪；文友新書的點評分享，匯進生命河道。所有舊的、新的記憶小碎片，翻浪掀濤，在她腦海中盤旋著彈珠汽水瓶短短的脖子，最後都化成輕嘆：「時代進步了，哪還找得到彈珠汽水的影兒呢？」

她不知道，現代的彈珠汽水，復刻在每一個復古柑仔店。就像她也不知道，《水是故鄉甜》出版四十年後，我們依舊復刻著她的寂寞和付出，在永不消失的記憶裡萃取「心藥」，重新相信愛，學習擁抱溫暖，淨心濾塵，找到共同的救贖。

生命的禮物
——重讀《水是故鄉甜》

琹涵

《水是故鄉甜》是散文書，作者是琦君，九歌出版。

這本書我在很早以前讀過，前些時候路過書店，看到此書，忍不住再買一本，重讀之後，依舊覺得寫得好。琦君的文字最是溫柔敦厚，難怪讀者遍及海內外，有華人的所在，都愛讀琦君的書。說實話，琦君的書也經得起百回讀。

寫這本書時，琦君應旅居美國紐澤西，書中多寫美國生活以及遭遇，推究起來，是她客居美國的第一年，台美民情的不同和文化差異最是有感，再加上思鄉之情濃重，思鄉包括台灣和大陸，大陸有她的童年和求學的成長歲月，台灣則因住了三十多年，早已是第二故鄉。

琦君的文字充滿了赤子情懷，因著單純而留住了美好，這是最讓讀者著迷的部分。每個人都只有一個童年，琦君將她的童年一寫再寫，讀者卻興味盎然，讀它千遍也從不厭倦。她寫荷花，寫父母，寫親朋故舊，甚至貓狗，清淺的文字裡，卻有著深刻的感情，處處可以讀出她的悲憫情懷，何其扣人心弦！她對萬物有情，有很多篇章都取材自生活，寫來生動自然，妙趣橫生。無論敘事、描人或抒情，在在都有可觀之處，值得細細體會和學習。

琦君的散文書一直是我推薦給學生閱讀的首選。我常跟學生們說：「讀琦君的書，即使你未必成為作家，然而，若能習得她的溫柔敦厚，也足以受用一生了。」讓讀的人也能像琦君一樣胸懷寬闊，有愛心，願意給予溫暖，不是更珍貴和難得的生命禮物嗎？

讀好書，受到薰陶，讓我們成為更好的人，這才是最大的好處，影響更是深遠，甚至可以及於一生。

開卷有益，果真如是。

當時局艱難，世路崎嶇，瘟疫未歇，人心徬徨的此刻，幸有琦君的書給予陪伴和撫慰，溫馨滿懷，我們何其幸運。

琦君作品目錄一覽表

論述

詞人之舟　一九八一年，純文學出版社；

一九九六年，爾雅出版社

剪不斷的母子情　二〇〇五年，中國語文月刊社

散文

溪邊瑣語　一九六二年，婦友月刊社

琦君小品　一九六六年，三民書局

紅紗燈	一九六九年，三民書局
煙愁	一九六九年，光啓出版社； 一九八一年，爾雅出版社
三更有夢書當枕	一九七五年，爾雅出版社
桂花雨	一九七六年，爾雅出版社
細雨燈花落	一九七七年，爾雅出版社
讀書與生活	一九七八年，東大圖書公司
千里懷人月在峰	一九七八年，爾雅出版社
與我同車	一九七九年，九歌出版社 （一九六〇年，重排新版）
留予他年說夢痕	一九六〇年，洪範書店
母心似天空	一九八一年，爾雅出版社
燈景舊情懷	一九八三年，洪範書店
水是故鄉甜	一九八四年，九歌出版社 （二〇二三年十一月，四十週年增訂新版）

此處有仙桃　一九八五年，九歌出版社（二〇〇六年，重排新版）

玻璃筆　一九八六年，九歌出版社（二〇〇六年，重排新版）

琦君讀書　一九八七年，九歌出版社（二〇〇六年，重排新版）

我愛動物　一九八八年，洪範書店

青燈有味似兒時　一九八八年，九歌出版社（二〇一一年二月，增訂新版）

淚珠與珍珠　一九八九年，九歌出版社（二〇〇六年，重排新版）

母心・佛心　一九九〇年，九歌出版社（二〇〇四年十二月，重排新版）

一襲青衫萬縷情　一九九一年，爾雅出版社

媽媽銀行　一九九二年，九歌出版社

萬水千山師友情　一九九五年，九歌出版社（二〇〇五年五月，重排新版）

母親的書　一九九六年，洪範書店（二〇〇六年，重排新版）

永是有情人　一九九八年，九歌出版社（二〇〇五年十二月，重排新版）

小說

菁姐（短篇）　一九五四年，今日婦女雜誌社；一九八一年，爾雅出版社

百合羹（短篇）　一九五八年，開明書店

繕校室八小時（短篇）　一九六八年，台灣商務印書館

七月的哀傷（短篇）　一九七一年，驚聲文物供應公司

錢塘江畔（短篇）　一九八〇年，爾雅出版社

橘子紅了（中篇）　一九九一年，洪範書店

合集

琴心（散文、小說） 一九五三年，國風出版社；一九八〇年，爾雅出版社
琦君自選集（詞、散文、小說） 一九七五年，黎明文化公司
文與情（散文、小說） 一九九〇年，三民書局
琦君散文選（中英對照） 二〇〇〇年，九歌出版社（二〇〇七年，增訂新版）
母親的金手錶 二〇〇一年，九歌出版社（二〇一二年，增訂新版）
夢中的餅乾屋 二〇〇二年，九歌出版社（二〇一三年，增訂新版）

兒童文學

賣牛記 一九六六年，三民書局

琦　君　作　品　集　1　6

水是故鄉甜（40 週年增訂新版）

國家圖書館出版品預行編目（CIP）資料

水是故鄉甜／琦君著 . -- 增訂三版 .
臺北市：九歌出版社有限公司 , 2023.11
面；　公分 . -- (琦君作品集; 16)
40 週年增訂新版
ISBN 978-986-450-613-2(平裝)

863.55　　　　112016752

作　　者——琦　君
創 辦 人——蔡文甫
發 行 人——蔡澤玉
出版發行——九歌出版社有限公司
台北市 105 八德路 3 段 12 巷 57 弄 40 號
電話／ 02-25776564 傳真／ 02-25789205
郵政劃撥／ 0112295-1

九歌文學網　www.chiuko.com.tw

印　　刷——晨捷印製股份有限公司
法律顧問——龍躍天律師 · 蕭雄淋律師 · 董安丹律師
增訂三版——2023 年 11 月
初　　版——1984 年 5 月
定　　價——320 元
書　　號——0110016
I S B N——978-986-450-613-2
978-986-450-619-4（PDF）